Leonis

La Table aux douze joyaux

Dans la série Leonis :

Leonis, Le Talisman des pharaons, roman, 2004.
Leonis, Le Marais des démons, roman, 2004.

Roman pour adultes chez le même éditeur :

Le Livre de Poliakov, roman, 2002.

MARIO FRANCIS

Leonis
La Table aux douze joyaux

LES INTOUCHABLES

Les Éditions des Intouchables bénéficient du soutien financier de la SODEC, du Programme de crédits d'impôt du gouvernement du Québec, du PADIÉ et sont inscrites au Programme de subvention globale du Conseil des Arts du Canada.

LES ÉDITIONS DES INTOUCHABLES
1463, boulevard Saint-Joseph Est
Montréal, Québec
H2J 1M6
Téléphone : (514) 526-0770
Télécopieur : (514) 529-7780
info@lesintouchables.com
www.lesintouchables.com

DISTRIBUTION : PROLOGUE
1650, boulevard Lionel-Bertrand
Boisbriand, Québec
J7H 1N7
Téléphone : (450) 434-0306
Télécopieur : (450) 434-2627

Impression : Transcontinental
Infographie et maquette de la couverture : Benoît Desroches
Illustration de la couverture : Emmanuelle Étienne

Dépôt légal : 2004
Bibliothèque nationale du Québec
Bibliothèque nationale du Canada

ISBN 2-89549-147-X

1
L'ATTENTE

La nuit était fraîche. L'air était chargé de l'odeur tenace et vivifiante de la terre remuée. Sur les rives généreuses du Nil, la saison des semailles battait son plein. Le jeune Montu avait revêtu une tunique avant de monter sur la terrasse arrosée de lune. Son regard se perdait dans le ciel d'Égypte constellé d'étoiles. Le garçon avait essayé de dormir, mais trop de questions se bousculaient dans sa tête. Malgré le confort de son lit, il n'avait pu fermer l'œil. Cinq semaines auparavant, sans comprendre ce qui lui arrivait, Montu avait été libéré de l'esclavage[1]. Avant ce formidable événement, il n'aurait jamais osé croire en une possible délivrance. Il était convaincu que, s'il quittait un jour l'atelier aux ornements du chantier où l'on érigeait le palais d'Esa, ce serait simplement pour retrouver

---

1. VOIR *LEONIS, LE TALISMAN DES PHARAONS.*

ailleurs son misérable quotidien d'esclave. Maintenant, non seulement il était libre, mais sa vie était comparable à celle d'un riche seigneur.

Les derniers jours d'esclavage de Montu comptaient parmi les plus douloureux de sa jeune existence. Tout d'abord, il avait assisté à la mort horrible de son meilleur ami, Leonis. En tentant de s'évader, ce dernier avait été dévoré par les crocodiles du Nil. Leonis était comme un frère pour Montu. Il trouvait toujours les mots qu'il fallait pour égayer les jours pénibles. Évidemment, si Leonis était parvenu sans incident à s'enfuir du chantier, son absence aurait quand même été bien difficile à tolérer. Seulement, en imaginant son remarquable ami vivant et libre, Montu aurait au moins pu chérir l'espoir fou de le rejoindre un jour.

Ainsi convaincu que Leonis était mort, Montu s'était laissé submerger par un incommensurable désespoir. Il avait cessé de manger, il buvait à peine et il besognait avec frénésie. Le jeune esclave n'aurait pu survivre encore longtemps dans de telles conditions. Le jour de sa libération, malgré l'énergie de forcené qui l'animait, il était sur le point de s'écrouler. Avec indifférence, Montu avait regardé une barque royale traverser le fleuve pour venir s'amarrer au quai du chantier. La splendide embarcation transportait le vizir, un prêtre et un mystérieux personnage masqué. Sans attendre, les visiteurs étaient venus dans l'atelier aux ornements. Le vizir avait alors ordonné à Montu de s'avancer dans l'allée centrale. En tremblant, le jeune esclave s'était exécuté. C'est à ce moment que Leonis avait fait son entrée. Au milieu des murmures incrédules des autres ouvriers qui l'avaient pourtant vu s'enfoncer dans l'eau, il avait retiré le voile couvrant son visage. D'une voix émue, Leonis avait annoncé à Montu que sa vie d'esclave était terminée.

Il y avait maintenant plus d'un mois de cela. Montu n'avait pas revu Leonis. Il habitait dans la luxueuse demeure de son ami et attendait son retour avec impatience. Il ne savait pas où Leonis se trouvait. Personne n'avait voulu le lui dire. Durant ses premiers jours de liberté, Montu avait été trop affaibli pour quitter le lit. De nombreuses personnes s'étaient relayées à son chevet. On lui donnait de bonnes choses à manger et on veillait constamment à son bien-être. Fiévreux et hébété, Montu avait eu l'impression d'évoluer dans un délicieux rêve. Au bout de tant de privations, comment pouvait-il croire ce qui lui arrivait ? On l'avait arraché à son univers ardu et dépourvu de joie ; on le traitait désormais avec une prévenance réservée aux princes.

Le grand prêtre Ankhhaef, l'homme qui avait accompagné Leonis et le vizir dans la barque royale, était revenu deux semaines plus tard. Leonis n'était pas avec lui. Ankhhaef avait demandé à Montu de ne pas s'inquiéter de l'absence de son ami. Selon les dires du grand prêtre, Leonis allait bien et il reviendrait vite.

La splendide maison de Leonis s'élevait dans les jardins du palais royal de Memphis. Elle comptait douze pièces, et les éléments qui la décoraient étaient d'une richesse et d'une beauté impressionnantes. Deux jeunes servantes dévouées veillaient à l'entretien journalier de la résidence. Il s'agissait de jolies jumelles qui se nommaient Raya et Mérit. Il fallait les voir parler de Leonis ! Elles prononçaient son nom avec des yeux pétillants d'admiration ! D'autres domestiques, employés à la cour du pharaon Mykérinos, s'empressaient d'accourir au moindre appel. Grâce aux bons soins prodigués par tous ces gens efficaces, Montu était désormais transformé. Son corps, qui était naguère d'une maigreur épouvantable, prenait peu à peu des proportions qui convenaient à un garçon de douze ans. Ses joues, auparavant creusées par l'épuisement et l'austérité, avaient maintenant la rondeur d'un fruit frais. Sa chevelure avait été débarrassée de la couche crasseuse qui l'avait longtemps recouverte. Elle gonflait désormais en boucles soyeuses aux reflets roux. Sa peau était ointe d'huile parfumée et il revêtait les meilleures étoffes. Bien entendu, l'ancien esclave ne pouvait qu'apprécier les bénédictions providentielles qui comblaient son existence. Il avait cependant très hâte de connaître les raisons qui lui permettaient de profiter de toutes ces faveurs.

Que s'était-il passé, entre la fuite de Leonis et son surprenant retour au chantier du palais d'Esa? En échappant aux crocodiles, l'ami de Montu avait déjà accompli un miracle. Mais, en troquant ainsi sa vie malheureuse contre celle d'un prince, Leonis était parvenu à accomplir le plus déroutant des prodiges.

La dernière fois que Montu avait interrogé Ankhhaef à propos de l'absence de Leonis, le grand prêtre lui avait expliqué:

— Ton ami est actuellement occupé à accomplir une mission de la plus haute importance pour le bien de l'Empire, mon garçon. Il devrait revenir bientôt. Il est parti depuis trente-cinq jours et, si tout s'est bien déroulé, nous devrions le revoir avant une semaine.

Ayant décelé une certaine inquiétude dans les yeux d'Ankhhaef, Montu avait insisté:

— Jurez-moi que Leonis ne court aucun danger, grand prêtre ! Vous ne semblez pas convaincu qu'il reviendra ! Dites-moi où il se trouve ! S'il a besoin d'aide, je ne peux rester ici à l'attendre !

— Tu tiens beaucoup à ton ami, Montu. L'amitié est un don bien précieux. J'admire ta volonté et je devine sans mal que tu serais prêt à tous les sacrifices pour Leonis. Hélas ! tu ne peux rien faire pour lui en ce moment. Ce qu'il doit accomplir, il doit l'accomplir seul. En ce qui concerne le danger, je ne te cacherai pas plus longtemps que Leonis a certainement dû y faire face.

— Que feriez-vous s'il ne revenait pas dans les prochains jours ?

— Il vaut mieux ne pas songer à cette éventualité, Montu. Sache que j'ai confiance en Leonis. En peu de temps, j'ai eu maintes fois la preuve qu'il était à la hauteur de ce qu'on attendait de lui. J'aimerais vraiment t'expliquer les raisons qui l'ont mené jusqu'à nous. Malheureusement, le temps n'est pas encore venu de te confier ce secret.

Cette conversation avec le grand prêtre avait eu lieu deux jours plus tôt. Il y avait donc trente-sept jours que Leonis avait quitté le port de Memphis afin de naviguer vers l'endroit où il aurait à exécuter sa mystérieuse tâche. Maintenant qu'Ankhhaef lui avait avoué que son ami était peut-être en danger, Montu avait du mal à réprimer l'anxiété qui le submergeait. Il avait tenté d'en savoir plus long en interrogeant Raya et Mérit, mais les jumelles avaient visiblement reçu l'ordre de ne rien dire. Le compagnon de Leonis n'avait d'autre choix que celui d'attendre.

Montu frissonna. Il était temps pour lui de regagner son lit. Son regard fut attiré par une lumière scintillante et furtive : une étoile filante glissait sur la toile sombre du ciel. Avant de s'engager dans l'escalier conduisant à la pièce principale de la demeure, le garçon formula deux vœux. Il souhaita tout d'abord que Leonis revienne le plus tôt possible. Son second désir était de voir, dans un avenir prochain, un monde dans lequel tous les gens pourraient goûter au bonheur. Un monde sans violence, sans esclavage ni dénuement.

2
LE LION ET LE FOU

Memphis dormait. La majorité de ses habitants, exténués par les travaux agricoles, avaient éteint leurs lampes de très bonne heure. Seules quelques lumières éparses permettaient de constater que la capitale vivait encore. Affecté depuis quelques mois à la surveillance nocturne du portail ouest de la cité, le soldat Menna s'ennuyait ferme. La nuit était calme et il songeait que, dans le courant des prochaines heures, les seuls adversaires qu'il aurait à combattre seraient le sommeil et le froid.

Le jeune homme ajouta de l'huile dans la lampe qui éclairait le poste de garde. Il jeta ensuite un regard consterné en direction du vieux Senedjem. Enveloppé dans une épaisse couverture, ce dernier était assis au pied du mur d'enceinte. Maintenant, comme il le faisait chaque nuit, Senedjem avait rejoint le pays des rêves. Menna aurait aisément pu imiter son compagnon. Il ne se passait jamais rien de ce côté de la ville. Depuis que l'on avait attribué ce poste au jeune homme, aucun de ses supérieurs n'était venu vérifier si les gardiens de nuit faisaient bien leur travail. Le temps n'était pas à l'inquiétude. La paix et la prospérité régnaient sur l'Empire égyptien. De plus, durant la saison des semailles, même les fêtards se couchaient tôt. Malgré tout, Menna se disait qu'il avait une tâche à accomplir et, s'il s'était endormi ne fût-ce qu'une minute, il en aurait ensuite éprouvé d'affreux remords. Menna leva les yeux. Une étoile filante griffait le firmament. À voix haute, il formula ce vœu :

— Que les dieux m'accordent le bonheur d'être promu un jour à la vaillante garde royale ! Qu'ils me donnent l'occasion de prouver mon courage et mon adresse à Pharaon !

Dérangé par les paroles de son camarade, Senedjem marmonna quelques mots incompréhensibles avant de recommencer à ronfler. Menna se mit à rire. Le vœu qu'il venait de faire était stupide. Comment pourrait-il prouver son courage en montant la garde au portail ouest ? Avec les années, il deviendrait sans doute aussi fainéant que son vieux compagnon. Cette possibilité le fit grimacer. En faisant la moue, il scruta les ténèbres autour de lui. Il ne remarqua rien d'anormal. Il ne vit pas le lion blanc qui, tapi non loin de là, se confondait avec le mur pâle cernant la ville. Il ne le vit pas, mais, une minute plus tard, il entendit la bête rugir trois fois.

Sans perdre son calme, Menna empoigna son javelot. Les rugissements avaient réveillé Senedjem. L'esprit embrumé, celui-ci demanda d'une voix pâteuse :

— Qu'est-ce que c'était ? On aurait dit…

— C'était un lion, coupa Menna dans un murmure. Ne bouge surtout pas, Senedjem. Si cette bête est toujours là, tes mouvements pourraient l'exciter.

— Un lion ! répéta l'autre en se levant. Que vas-tu chercher là ? Ce que tu peux être naïf, jeune homme ! Il n'y a pas de lion autour de Memphis ! Le seul que j'ai vu dans ma vie était apprivoisé ! Et encore, il y a de cela bien longtemps !

— Tu te moques de moi ou quoi ? Ne sais-tu pas que, ces derniers mois, de nombreuses personnes ont aperçu des groupes de lions dans la vallée du Nil ? Des chasseurs ont même découvert des traces de félin dans la boue des terres.

— Je suis au courant de ces racontars, Menna. Selon moi, rien de tout cela n'est vrai.

— Je crois en mes oreilles, Senedjem. Et je peux te jurer que je viens d'entendre un lion rugir !

— Et, moi, je t'affirme que ces rugissements sont l'œuvre d'un mauvais plaisant ! S'il nous observe, il doit bien rigoler, le gaillard !

Menna était loin d'être convaincu. Malgré les railleries de son compagnon, il brandissait son javelot en tentant d'apercevoir quelque chose dans l'obscurité. Senedjem allait ouvrir la bouche pour se moquer encore une fois de son jeune collègue, mais un bruit discret l'incita à garder le silence. Les deux gardiens étaient maintenant aux aguets. Les buissons se trouvant à proximité du portail avaient remué. D'une voix autoritaire, Senedjem ordonna :

— Qui que vous soyez, montrez-vous ! Sinon nous n'hésiterons pas à utiliser nos armes ! La plaisanterie a assez duré !

Cette fois, les bruits se firent plus nets. On marchait dans les herbes hautes bordant le mur. Les soldats virent une silhouette pâle se détacher de l'ombre, et un garçon, nu comme un oiseau sortant de l'œuf, vint s'arrêter à quelques pas des pointes de leurs javelots. D'une voix calme, le nouveau venu annonça :

— Je vous salue, messieurs ! Je suis Leonis. L'un de vous pourrait-il me conduire au palais royal ?

Le vieux Senedjem baissa son arme. Il posa un regard amusé sur le jeune individu, puis, en se retournant vers son collègue, il s'exclama :

— Le voilà, ton lion, mon pauvre Menna ! Ce n'est qu'un misérable fou qui se balade tout nu au beau milieu de la nuit !

Senedjem reporta son attention sur Leonis. D'un ton ironique, il continua :

— Ainsi, monsieur voudrait être conduit au palais royal ! Veuillez pardonner mes paroles, jeune prince, mais, à vous observer, j'estime que même les porcs ne voudraient pas de votre présence dans leur enclos !

— C'est bien possible, rétorqua Leonis sans se fâcher. Je ne possède malheureusement pas votre personnalité, Senedjem. Vous devez compter une foule de bons copains parmi les cochons !

Devant l'outrage, le vieux soldat poussa un juron. Menna, pour sa part, ne put retenir un éclat de rire. Senedjem tenta de frapper Leonis avec son javelot, mais ce dernier évita l'assaut avec aisance. L'arme siffla plusieurs fois dans le vide et Senedjem, hors d'haleine, dut remballer l'inhabituel élan guerrier qui l'animait. Il se tourna ensuite vers Menna qui s'amusait bien de sa balourdise. En peinant pour retrouver son souffle, le vétéran parvint à articuler :

— Au lieu de rire, tu pourrais m'aider… jeune sot !

— T'aider ! Pour quelle raison, Senedjem ? Ce malheureux n'a pas d'arme ! Il n'a même pas de pagne ! Tu l'as insulté et il t'a répondu ! Peu importe qui il est, il ne semble pas hostile !

— Ce va-nu-pieds prétend qu'il veut se rendre au palais royal ! Comme s'il était normal de conduire à Mykérinos un idiot qui se balade complètement nu ! Il y a certainement un peu de sable dans l'esprit de ce garçon ! Les cinglés sont parfois dangereux !

— Je n'ai pas de sable dans l'esprit, protesta Leonis. Mais je suis fatigué et je commence à avoir vraiment froid. Je vous ai poliment demandé de me conduire au palais. J'irai seul si vous refusez de m'accompagner. Mais si vous m'empêchez de pénétrer dans la ville, vous aurez à expliquer les raisons de mon retard devant le vizir.

Exaspéré, Senedjem balaya l'air de la main. Ce jeune dément était en plein délire. Il se prenait pour quelqu'un d'important et personne ne parviendrait à le convaincre du contraire. Menna, qui commençait lui aussi à penser que Leonis était fou, lui dit gentiment :

— Écoute, mon ami… nous ne demandons pas mieux que de te croire, mais il faut avouer que tu n'as guère l'apparence qui convient aux nobles. Si tu cessais de mentir et que tu nous disais où se trouve ta maison, je t'accompagnerais chez toi avec plaisir. Tes parents doivent s'inquiéter à ton sujet. La nuit est déjà bien avancée…

— Vous êtes bien aimable, soldat Menna. Je comprends votre hésitation ainsi que celle de votre compagnon. Seulement, si vous acceptiez de me conduire jusqu'au poste de garde du palais, vous pourriez constater que ce que je vous dis est vrai.

Menna réfléchit un moment. Il doutait toujours des paroles de Leonis. La perspective d'une balade dans la cité était cependant loin de lui déplaire. Il n'avait pas l'autorisation d'abandonner son poste. Toutefois, le palais royal se trouvait tout près de là : son absence serait brève et, mis à part Senedjem, personne n'en saurait rien. Sur un ton autoritaire, il annonça à Leonis :

— J'accepte de te conduire là-bas, mais ne t'avise surtout pas de tenter de me fausser compagnie ! Sache que mon javelot ne rate jamais sa cible ! Tu as également intérêt à me dire la vérité, car les cachots de Memphis ne sont pas très éloignés du palais !

— Tu es cinglé, Menna ! protesta Senedjem. Le chef serait furieux s'il apprenait que tu as abandonné ta surveillance pour escorter un vagabond dans la cité!

En lui adressant un sourire malicieux, le jeune soldat répliqua:

— Le chef serait nettement plus en colère s'il savait que tu passes toutes tes nuits à dormir, Senedjem! Je reviendrai vite. Tu pourrais essayer de garder l'œil ouvert, pour une fois.

Le vétéran marmonna quelque chose et la discussion s'acheva ainsi. Menna fouilla dans un sac pour en sortir une tunique. Il tendit le vêtement à Leonis qui l'enfila avec empressement et gratitude. Le garçon demanda ensuite à Menna de l'attendre. Il disparut un instant dans les ténèbres. Lorsqu'il revint, un pendentif doré ornait son torse. L'œil soupçonneux, Senedjem examina le bijou avant de déclarer sur un ton méprisant:

— En plus d'être fou, ce petit misérable est un affreux voleur!

Sans s'indigner, Leonis glissa le pendentif sous la chaude tunique que lui avait prêtée Menna. Ce dernier fit un signe du menton pour lui indiquer l'entrée de la ville.

Lorsqu'ils furent loin du portail, Leonis prit la parole:

— Je vous remercie, soldat Menna. J'espère que vous n'aurez aucun problème à cause de moi.

— Personne ne m'a forcé à t'accompagner. Je suis l'unique responsable de ma décision. Si jamais on me réprimandait pour avoir agi ainsi, je saurais me défendre. Maintenant que ce grognon de Senedjem n'est plus là, tu pourrais me dire la vérité, heu… Quel est ton nom, déjà ?

— Je m'appelle Leonis et je n'ai pas menti. Je reviens d'un long voyage et des gens m'attendent au palais royal. D'ailleurs, vous en aurez la preuve dès que nous arriverons là-bas.

— Nous verrons bien, fit le jeune homme en ricanant, mais tu dois avouer que mes doutes sont justifiés. Il t'arrive souvent de te présenter complètement nu aux portes des villes, Leonis ?

— Si vous exigez une réponse à votre question, je devrai alors vous raconter un mensonge, soldat Menna. Je ne peux presque rien vous dire, malheureusement.

— Je n'exige pas de réponse, mon jeune ami. Mais si nous nous rendons en vain jusqu'au palais, tu devras te justifier devant des gens beaucoup moins complaisants que moi.

Leonis et le soldat firent encore quelques foulées dans la cité sombre et endormie. Ce fut Menna qui rompit le silence en demandant :

— Comment fais-tu pour imiter aussi parfaitement le lion?

— Je n'imite pas le lion!

— Allons, Leonis, je sais que c'était toi. Tu espérais sans doute nous effrayer avec tes rugissements. Tu comptais sur notre fuite pour t'infiltrer dans la ville... C'est ça?

— Non, soldat Menna. Moi aussi, j'ai entendu les rugissements. Je peux cependant vous jurer que je n'ai pas imité le lion.

Dans le noir, Menna secoua la tête. Leonis n'était sans doute pas fou. Il était, par contre, un habile menteur. Le gardien avait désormais la conviction que ce jeune futé le prenait pour un imbécile. Ils firent le reste du trajet en silence. Afin de prévenir toute tentative d'évasion, Menna tenait fermement un bout de la tunique qu'il avait prêtée à Leonis.

Lorsqu'ils arrivèrent à proximité de l'enceinte vivement éclairée du palais royal, trois soldats surgirent du poste de garde. D'une voix grave, l'un d'eux aboya:

— Qui va là?

Menna et Leonis s'avancèrent dans la lumière. Le jeune soldat se présenta:

— Bonsoir! Je suis Menna, l'un des gardiens du portail ouest. J'ai escorté ce drôle de garçon jusqu'ici. Il prétend qu'il connaît le vizir et qu'il doit se rendre au palais. Son nom est Leonis.

Les soldats de la garde royale se précipitèrent aussitôt vers les nouveaux venus. Ils encadrèrent Leonis avec ferveur. La joie et le respect se lisaient sur leurs traits. Menna se rendit compte que Leonis était vraiment quelqu'un d'important. Ce dernier se retourna pour lui tendre la main. Le jeune homme, un peu embarrassé, la serra en bredouillant :

— Je... je suis... vraiment désolé, Leonis...

— Ne soyez pas mal à l'aise, soldat Menna. Vous avez bien fait votre travail. Malgré mon apparence misérable, vous m'avez offert la possibilité de confirmer mes dires. Vous m'avez même prêté cette tunique. Je veillerai à vous la remettre.

Un soldat posa sa main sur l'épaule de Leonis pour lui signifier qu'il était temps de rentrer. Le garçon acquiesça avec un sourire. Avant de suivre les gardes, il ajouta :

— Une dernière chose, soldat Menna ! Sachez que, quelquefois, les vœux que l'on adresse aux étoiles se réalisent.

Leonis s'engouffra dans le poste de garde. Menna demeura un long moment sans bouger. Les dernières paroles du garçon tournoyaient dans son esprit. Ce dernier l'avait entendu pendant qu'il formulait le souhait d'appartenir à la garde royale. C'était arrivé juste avant que le lion rugisse. Le lion ! Si Leonis n'avait pas imité cette bête, qui donc avait poussé ces rugissements ? Peut-être y avait-il un vrai lion à proximité du portail ouest ? Si c'était le cas, Senedjem était en danger !

Menna se mit à courir à toute vitesse dans l'obscurité des rues de Memphis. Lorsqu'il arriva au portail ouest, d'affreux grognements l'accueillirent. Ces bruits n'étaient cependant pas produits par un lion. Le soldat eut un soupir de soulagement. Assis dans la pénombre, le vieux Senedjem dormait. Les ronflements qu'il émettait auraient pu mettre en fuite le plus affamé des fauves !

3
LE RETOUR DE L'ENFANT-LION

Le poste de garde du palais était un petit bâtiment qui n'avait rien de remarquable. Accrochés à l'un des murs, des arcs surmontaient un coffre massif qui, d'après le symbole qui ornait son couvercle, contenait des flèches. Une vingtaine de javelots avaient été soigneusement alignés sur un support de bois. Le mobilier n'était composé que de quelques tabourets et d'une table, usée et crasseuse, sur laquelle fumait une lampe. L'air sentait la sueur, les pieds et l'huile chauffée. Assis dans un coin, Leonis, épuisé, avait hâte de rentrer chez lui. Son arrivée avait causé une grande effervescence parmi les soldats. À l'extérieur, depuis d'interminables minutes, le commandant Neferothep donnait des directives à un groupe d'hommes.

Lorsqu'il entra enfin dans le poste de garde, il s'excusa:

— Ne m'en veuillez pas de vous avoir fait attendre, Leonis. Je dois répondre de votre sécurité. Il y a deux semaines, Pharaon et sa famille ont quitté la capitale pour la demeure royale d'Héliopolis. Quand Mykérinos est ailleurs, il est superflu d'assurer une trop grande surveillance autour de ce palais. Nous avons donc réduit les effectifs. J'ai cependant reçu la consigne de doubler la garde dès votre retour. L'un de mes hommes est en route pour la demeure d'Ankhhaef. Le grand prêtre sera transporté de joie en apprenant que vous êtes là! Il devrait être ici dans peu de temps.

Leonis étouffa un bâillement. Il n'avait plus la force de patienter. D'une voix étouffée, il soupira:

— Je dois aller dormir, monsieur. J'ai du mal à garder les yeux ouverts. Je vous prie de transmettre mes excuses à Ankhhaef lorsqu'il arrivera. Dites-lui aussi que je vais bien et que j'ai accompli ma mission. Je le rencontrerai demain, s'il le permet.

— Vous êtes visiblement exténué, mon garçon. J'ai la certitude qu'Ankhhaef comprendra. Ce qui importe, c'est que vous soyez revenu sain et sauf. Vous pouvez aller dormir tout votre soûl. Entre les murailles qui entourent ce palais, rien de fâcheux ne pourra vous arriver. Désirez-vous qu'un soldat vous reconduise chez vous ?

— Non… ça ira. S'il le faut, je ramperai jusqu'à ma demeure. J'ai marché pendant des jours sans presque m'arrêter. Je serai certainement capable de franchir le court trajet qui me sépare encore de mon lit.

Neferothep acquiesça en souriant. Ils se saluèrent et, d'un pas traînant, Leonis laissa derrière lui le poste de garde.

En retrouvant les effluves suaves qui embaumaient les jardins du palais royal, Leonis eut une douce pensée pour la princesse Esa. C'est en ce lieu paisible qu'il avait fait la connaissance de la fille du roi Mykérinos. Peu de temps s'était écoulé depuis cette nuit-là. Leonis avait toutefois l'impression que des années le séparaient de cette heureuse rencontre. Une foule de choses s'étaient passées depuis qu'il avait quitté Memphis pour partir à la recherche du talisman des pharaons. En surmontant les épreuves qui avaient jalonné son importante quête, Leonis s'était rendu compte qu'il avait l'étoffe d'un héros. Son passé d'orphelin et d'esclave ne le hantait plus. Sans pour autant oublier son père Khay et sa mère Henet, il se tournait dorénavant vers l'avenir avec confiance. Ceux qui avaient cru en lui avaient vu juste : il était l'enfant-lion. Le talisman des pharaons était suspendu à son cou et aucun autre que lui n'aurait pu revenir au palais avec ce précieux pendentif. Rien n'était terminé, cependant : Leonis devait désormais sauver l'Égypte du grand cataclysme qui la guettait. Il savait que, dans les années à venir, son existence ne connaîtrait aucun répit. L'enfant-lion aurait la tâche de retrouver les douze joyaux de la table solaire. Pour atteindre ce but, il devrait affronter de nombreux périls. En dépit de cette certitude, Leonis n'était pas inquiet. Il rentrait à Memphis avec le pouvoir fantastique de se transformer en lion. Cette faculté, qu'il ne devait dévoiler à personne, lui avait été accordée par Bastet, la déesse-chat. Grâce à ce cadeau divin, le jeune aventurier se sentait prêt à relever tous les défis.

En gagnant sa résidence, Leonis songea qu'il eût peut-être mieux fait de se munir d'une lampe. À cette heure, les grands arbres éclipsaient la lune, et les jardins se perdaient dans la suie des ténèbres. Depuis qu'il pouvait se métamorphoser en lion, le garçon avait pris l'habitude d'emprunter cette forme pour se déplacer la nuit. La nyctalopie du félin lui permettait de parcourir rapidement de longues distances dans l'obscurité. Or, le contraste entre les deux visions était à ce point marqué que Leonis s'amusait en relevant l'insuffisance de ses yeux d'humain. Il marchait, les bras tendus et les yeux plissés, sans même parvenir à distinguer le bout de son nez.

L'enfant-lion tourna en rond un bon moment avant de trouver sa maison. En empruntant l'allée qui menait au porche, il buta sur un socle supportant un pot de fleurs. Le lourd récipient tomba sur les dalles avec fracas. Durant quelques secondes, Leonis resta immobile en se mordant les doigts. Il se sentait coupable d'avoir brisé le pot, mais, en y réfléchissant un peu, il prit conscience que cet objet lui appartenait. Personne ne pourrait donc lui reprocher la bévue qu'il venait de commettre.

L'enfant-lion atteignit enfin sa porte. En tâtonnant, il parvint à l'ouvrir. Une fois à l'intérieur, une douce chaleur l'enveloppa. L'une des servantes avait probablement fait du feu. Leonis referma le battant et fit quelques pas sur les nattes qui couvraient le sol du hall. Les parfums apaisants qui flottaient dans la demeure eurent pour effet d'accentuer sa fatigue. Il ferma ses paupières lourdes en luttant contre le désir de se coucher par terre. Un bruissement se fit entendre dans la pièce. En ouvrant les yeux, le garçon eut à peine le temps de discerner la silhouette qui se précipitait sur lui.

Sans avoir le temps de réagir, Leonis reçut un furieux crochet au menton. Il voyait encore des étoiles lorsqu'un second coup, dans le ventre cette fois, lui fit perdre le souffle. Plié en deux, le malheureux encaissa un troisième choc à la base du crâne. Il tomba à genoux en gémissant. En quelques gestes rapides, son assaillant lui fit une douloureuse clé de bras. L'attaque n'avait duré que quelques secondes et la prise qui neutralisait Leonis se révélait experte et implacable. La souffrance qu'il éprouvait était telle qu'aucun son ne pouvait jaillir de sa gorge. La surprise de l'enfant-lion atteignit son paroxysme lorsqu'il entendit son agresseur crier:

— Tu peux apporter la lampe, Mérit! J'ai maîtrisé cette canaille!

Leonis avait reconnu le ton de voix volontaire de Raya, l'une de ses domestiques. Cette délicate jeune fille venait de le terrasser avec une fougue et une aisance dignes des meilleurs combattants! Il essaya de se libérer, mais l'opiniâtre servante augmenta légèrement la pression sur son membre. La douleur augmenta encore et Leonis n'insista plus. Une lumière jaunâtre vint éclairer la scène. D'une voix mauvaise, Raya ordonna:

— Montre-nous ta figure, voyou!

Leonis tourna la tête pour dévoiler son identité. En le reconnaissant, la servante relâcha aussitôt son étreinte. Stupéfaite, elle plaqua ses mains sur sa bouche afin de retenir un cri. Elle se leva et recula jusqu'au mur. L'embarras et l'incrédulité se lisaient sur son visage. Le garçon se mit péniblement debout. Encore ébranlé, il massait la bosse qui germait sur son menton.

— Maî… maître Le… Leonis! bredouilla Mérit en soulevant la lampe pour s'assurer qu'elle ne rêvait pas.

— C'est bien moi, parvint à articuler l'enfant-lion malgré l'engourdissement qui envahissait ses mâchoires.

— Je ne voulais pas vous faire de mal, maître Leonis, gémit Raya en s'approchant. Nous avons cru avoir affaire à l'un de ces sordides adorateurs d'Apophis. Nous ne pensions pas que votre retour au palais se ferait aussi discrètement. Nous avons entendu un bruit dans l'allée et…

— J'ai cassé un pot, coupa Leonis en essayant de sourire. J'ai chèrement payé cette maladresse! Ça m'apprendra à regarder où je mets les pieds! La prochaine fois que je rentrerai au milieu de la nuit, je m'annoncerai avant de franchir la porte. Ta technique de combat est impressionnante, Raya ! Je me sens comme si un troupeau de bœufs venait de me piétiner !

— Je suis vraiment navrée, maître Leonis. Me pardonnerez-vous ?

— Bien sûr, mon amie. Mais quand même, j'ai un peu honte de la facilité avec laquelle tu m'as maîtrisé. Es-tu vraiment une lutteuse redoutable ou suis-je devenu aussi faible qu'un agneau ?

— Vous n'avez pas à vous sentir humilié. Je vous rappelle que nous avons été spécialement éduquées pour servir l'enfant-lion. Les adorateurs d'Apophis feront tout ce qu'ils pourront pour vous éliminer. Votre vie sera certainement plus périlleuse que celle d'un prêtre ou d'un riche négociant. Afin de pouvoir vous protéger, Mérit et moi avons été entraînées au combat. Nous sommes menues et nos mains sont exercées à mille tâches délicates, mais soyez assuré que nous ne reculerons devant rien pour vous protéger de vos ennemis, maître Leonis.

— Vous formez une paire tout à fait originale, mes amies ! Tu prétends, Raya, que ta timide sœur peut se révéler aussi vigoureuse que toi ?

Leonis porta son attention sur Mérit. Cette dernière s'empourpra et baissa la tête pour répondre d'une voix ténue :

— Je me débrouille plutôt bien, maître Leonis.

— Mérit est trop modeste, protesta l'autre servante en caressant les longs cheveux de sa jumelle. Je ne suis jamais parvenue à la vaincre au corps à corps. Elle maîtrise l'arc mieux que quiconque et...

La jeune fille s'interrompit. Quelqu'un marchait dans la pièce principale de la demeure.

— Monsieur Montu est réveillé, chuchota Mérit.

Les yeux verts de Leonis s'illuminèrent de joie.

— Montu est ici ? interrogea-t-il.

— Votre ami habite cette maison depuis le jour de votre départ, attesta Raya. Ces derniers temps, monsieur Montu tourne en rond comme un léopard en cage. Il a tellement hâte de vous revoir !

— Monsieur Montu possède également l'appétit du léopard, ajouta Mérit sur un ton moqueur. Je le soupçonne d'ailleurs de s'être levé pour me ravir quelques-uns des gâteaux que j'ai confectionnés hier.

Leonis prit la lampe pour aller à la rencontre de son compagnon. Il le surprit en effet dans la cuisine, en train de se gaver de gâteau. En apercevant la lumière de la flamme qui dansait sur les murs, Montu s'immobilisa. Il se retourna, lentement, les mains dégoulinantes des fruits de son alléchant larcin. Lorsqu'il reconnut Leonis, il faillit tout laisser tomber. Ce dernier s'efforça de garder son sérieux pour demander :

— Est-ce que tu comptais mettre ton délit sur le dos des innocentes souris, voleur de gâteaux ?

— Leonis ! mon frère ! Te voilà enfin !

— Débarrasse-toi vite des preuves de ton crime, Montu ! La justice des jumelles est implacable !

Montu abandonna les gâteaux et, en riant aux éclats, les deux copains s'enlacèrent avec énergie. Leur étreinte dura longtemps. L'émotion leur serrait la gorge, et des larmes de bonheur mouillaient leurs joues. Raya et Mérit étaient restées dans l'entrée de la cuisine. Touchées par la scène, elles pleuraient aussi. Leonis s'écarta un peu afin de mieux examiner son ami. Personne n'aurait pu deviner le récent passé de Montu. Plus rien ne subsistait de l'apparence chétive et affligeante de l'esclave qu'il avait été. L'enfant-lion avait devant lui un adolescent soigné, plein d'entrain et débordant de santé. Il émit un sifflement admiratif avant de déclarer :

— La vie de noble te va à ravir, mon vieux ! Les domestiques ont bien travaillé : tu es beaucoup moins laid qu'avant !

— Je vois que tu n'as rien perdu de ton sens de l'humour ! répliqua Montu en s'esclaffant. Tu peux bien te moquer de moi, Leonis. En ce moment, tu es pareil à l'esclave que j'ai connu sur le chantier ! Tu dégages une odeur de fauve ! Tu es tellement répugnant que j'aurais pu salir ma tunique juste en te serrant dans mes bras !

Les paroles de Montu firent grimacer l'enfant-lion. Ce dernier se tourna vers les servantes en affichant un air contrit. Il n'avait jamais avoué son malheureux passé aux jumelles. Un jour, tandis qu'il discutait avec elle, Raya avait exprimé le grand mépris qu'elle éprouvait envers les esclaves. Offensé et trop furieux pour pouvoir parler calmement, Leonis s'était enfermé dans sa chambre en se proposant de reprendre plus tard cette conversation. Il comptait faire comprendre à Raya que chaque être humain mérite d'être traité avec dignité. Involontairement, Montu venait de lever le voile sur l'ancienne existence de son ami. Leonis n'avait pas honte de son passé. S'il craignait d'apercevoir un nouvel éclair de dédain dans les yeux de Raya, c'était simplement parce qu'il n'aurait pu tolérer de l'entendre, une fois de plus, déprécier ces gens avec qui il avait partagé tant de pénibles saisons. Lorsqu'il posa son regard sur les jeunes filles, il remarqua avec surprise que la révélation ne semblait pas les avoir bouleversées. En voyant l'expression soucieuse de l'enfant-lion, Raya comprit ce qui le troublait. Elle baissa les yeux pour lui dire:

— Nous savons maintenant ce que vous avez vécu avant de venir habiter ici, maître Leonis. Le grand prêtre Ankhhaef nous a tout expliqué lorsque nous l'avons interrogé au sujet de monsieur Montu. J'ai dit des choses horribles à propos des esclaves et je m'en excuse. Ma sœur et moi avons prêté l'oreille à ceux qui prétendaient que les esclaves ne valaient rien. Nous nous sommes fiées à leurs paroles sans chercher à savoir si elles étaient vraies ou non.

— Je suis ravi d'entendre ces mots, Raya. Le mépris et la haine des hommes viennent souvent de leur ignorance. Mais, dis-moi, mon amie, quelle est désormais la valeur d'un esclave dans ton esprit?

— J'estime que les humains ont tous la même valeur, maître Leonis.

— Dans ce cas, pourquoi t'obstines-tu toujours à m'appeler «maître»?

Les jumelles échangèrent un regard de connivence. Mérit demanda ensuite sur un ton malicieux :

— Pourrons-nous également retirer le mot « monsieur » devant le nom de votre ami ?

— Je l'espère de tout cœur ! s'exclama l'enfant-lion.

— C'est bien dommage, soupira Montu en faisant mine d'être déçu. Je commençais vraiment à me prendre pour quelqu'un d'important. Il faut toujours que vous gâchiez tout, maître Leonis !

Les quatre jeunes gens se mirent à rire. Leonis se réjouissait de voir l'énergie qui animait son ami. Il aurait aimé s'asseoir pour discuter avec lui jusqu'au lever du soleil. Notre jeune héros ne pouvait cependant plus résister à la fatigue qui l'accablait. Les garçons allèrent donc dormir, heureux d'être à nouveau réunis, leurs cœurs réconfortés par la promesse d'un très heureux lendemain.

4
LES RÉVÉLATIONS

Quand Leonis s'était levé, le soleil était déjà bien haut dans le ciel d'une journée radieuse. L'enfant-lion avait pris un bain et s'était livré de bonne grâce au coiffeur, au pédicure et au manucure convoqués par les servantes. Après s'être frictionné avec de l'huile parfumée de première qualité, il avait enfilé une belle tunique de lin. Mérit était venue le prévenir qu'Ankhhaef l'attendait dans les jardins. Le garçon s'était empressé d'aller rejoindre le grand prêtre. Dehors, une nappe couverte de victuailles avait été déployée dans l'ombre étroite d'un grand sycomore. Montu et Ankhhaef étaient là. En apercevant Leonis, l'homme se leva précipitamment pour aller à sa rencontre. Le grand prêtre tremblait de bonheur. Il pressa Leonis contre son cœur, comme un père retrouvant un fils après une longue séparation. D'une voix chevrotante, Ankhhaef lui glissa à l'oreille :

— Je suis soulagé et heureux de te revoir sain et sauf, brave Leonis. Le chef Neferothep m'a transmis tes paroles. Ainsi donc, tu as réussi ?

— J'ai réussi, grand prêtre. Le talisman des pharaons est en ma possession. N'ayez crainte, je l'ai mis en lieu sûr.

— Pharaon sera comblé de joie lorsqu'on lui annoncera ton retour. Un messager est en route pour Héliopolis. La déesse Hathor a entendu mes prières. L'enfant-lion n'était pas une fausse espérance : il est là, devant mes yeux. L'Empire pourra finalement connaître son salut.

— Je suis fier d'être ce garçon que l'oracle a annoncé, vénérable Ankhhaef. Mais ma mission est loin d'être achevée. Pour sauver l'Empire, je dois encore réunir les douze joyaux de la table solaire. Sans eux, Pharaon ne pourra guère livrer l'offrande suprême au dieu Rê. Durant la quête du talisman, j'ai eu quelques indices concernant ces joyaux. La tâche qui m'attend sera sans doute des plus éprouvantes.

— Tu as eu des indices ! Vraiment ?

— Si nous discutions en mangeant, grand prêtre ? Il y a là une foule de délicieuses choses et mon estomac hurle comme un contremaître de chantier !

Ankhhaef eut un moment d'hésitation. Un peu embarrassé, il émit un doute :

— Ton ami Montu ne sait rien de cette histoire, Leonis. J'ignore s'il serait prudent de parler devant lui…

— Montu est un frère pour moi, Ankhhaef. Il sait garder un secret mieux que ne le font les pierres. Il doit savoir qui je suis et ce que je dois faire. Je n'ai pas l'intention de le laisser plus longtemps dans l'ignorance. Si vous avez confiance en moi, vous devez également avoir confiance en lui.

Les lèvres d'Ankhhaef esquissèrent un sourire. Il posa une main sur l'épaule de l'adolescent pour lui signifier son accord. Ils se dirigèrent ensuite vers Montu qui les attendait en les fixant d'un regard scrutateur.

Sous les yeux amusés de ses compagnons, Leonis engloutit quelques grosses tranches de pain d'épeautre luisantes de miel. Puis il se gava de figues, de dattes et de raisins, avant d'écluser une demi-douzaine de gobelets de lait frais et crémeux. Une fois rassasié, l'enfant-lion s'étendit dans l'herbe odorante. Il s'étira voluptueusement et soupira :

— La vie est remplie de bienfaits… Il y a peu de temps, pour Montu et moi, un déjeuner comme celui-ci aurait appartenu au domaine du rêve. N'est-ce pas, mon ami ?

— En effet, acquiesça Montu. D'ailleurs, j'ai encore l'impression de rêver. J'ai hâte que tu m'expliques ce que tu as fait de si extraordinaire pour te retrouver dans un tel endroit, Leonis.

— Il s'agit d'une histoire invraisemblable, Montu. Moi-même, j'ai mis longtemps avant d'y croire. Je sais que tu as toujours été capable de garder un secret. Ce que je vais te raconter ne doit être révélé à personne.

Montu fit oui de la tête et Leonis continua:

— Lorsque je me suis évadé du chantier du palais d'Esa, j'ai nagé sur une bonne distance dans le grand fleuve. J'étais poursuivi par de nombreux crocodiles et, du débarcadère, les gardes me lançaient des pierres. J'en ai reçu une sur le crâne et j'ai perdu conscience. À cet instant, tu as cru que les crocodiles m'avaient dévoré… J'ai bien du mal à comprendre ce qui s'est passé par la suite. Je sais pourquoi les reptiles m'ont épargné. Je sais aussi que l'un d'eux m'a transporté jusqu'à l'autre rive. Mais j'ignore comment ce crocodile s'y est pris pour me faire traverser le Nil sans que je me noie.

— Tu prétends que ces horribles bêtes t'ont rendu service! s'écria Montu.

— J'en ai la certitude, mon vieux. Dans le cas contraire, je ne serais pas à tes côtés en ce moment... Lorsque j'ai repris conscience, sur l'autre rive, un crocodile se tenait tout près de moi. Mon pagne pendait de sa gueule. J'ai cru qu'il allait me dévorer, mais il s'est glissé dans le fleuve sans se préoccuper de moi. Je me suis ensuite approché des murailles de Memphis. J'avais l'intention d'attendre la nuit pour m'infiltrer dans la ville. Entre-temps, je m'étais confectionné un nouveau pagne avec des feuilles de palmier. Le soleil allait se coucher quand Kameni m'a aperçu. Kameni est le fils d'un prêtre funéraire. J'ai inventé une histoire pour justifier ma présence au bord du fleuve à une heure aussi tardive. Mon étrange accoutrement avait de quoi intriguer ce garçon. Or, je n'avais pas envie qu'il devine que j'étais un esclave en fuite. Je lui ai dit que je m'étais fait voler mes affaires et que je ne voulais pas traverser la cité dans cette tenue. Le fils du prêtre m'a cru. Il m'a même invité chez lui. Ce soir-là, j'ai pris un bon repas et j'ai joué quelques parties de dames. Je croyais être tiré d'affaire lorsque le père de Kameni est arrivé. Ce dernier a vu ma tache de naissance en forme de lion. À ce moment, son visage est devenu livide comme celui d'un cadavre. Son fils s'est inquiété de le voir ainsi. Le prêtre a prétexté qu'il avait oublié quelque chose d'important concernant un rituel. Il a demandé à Kameni de l'accompagner afin de lui donner un coup de main. Ils m'ont laissé seul.

Leonis se perdit quelques secondes dans la contemplation d'un papillon qui était posé sur une fleur, tout près de lui. Puis il reprit:

— Quand Kameni est venu me retrouver, j'aurais dû deviner que quelque chose n'allait pas. Il semblait nerveux et embarrassé. Nous avons discuté un peu et je me suis endormi. Le lendemain, j'ai ouvert les yeux dans un cachot situé dans les caves du palais. Il y avait une série de trous dans l'un des murs de ma prison. J'ai compris à quoi ils servaient lorsque des cobras ont commencé à en sortir. J'avais toutes les raisons du monde de penser que ma dernière heure était venue. Quelques minutes plus tard, le sol du cachot grouillait de serpents. Ils rampaient vers moi en sifflant et en se mordant entre eux. Ces serpents étaient furieux et, à moins qu'un miracle ne survienne, j'étais à quelques battements de cœur de rejoindre mon père Khay et ma mère Henet dans le royaume des Morts… Le miracle s'est produit, Montu. Les cobras ont formé un cercle autour de moi. Ils se dressaient, immobiles comme des joncs par un jour sans vent. On aurait dit que ma présence les hypnotisait. C'est à cet instant que la porte du cachot s'est ouverte. Le grand prêtre Ankhhaef m'a invité à sortir et m'a annoncé que j'étais peut-être le sauveur de l'Empire.

L'enfant-lion se tut. Montu hochait la tête en souriant bêtement. Cette histoire était délirante. S'il n'avait pas si bien connu son ami, il aurait éclaté de rire devant le récit d'autant d'événements rocambolesques. Ce fut Ankhhaef qui prit le relais :

— Leonis est l'enfant-lion annoncé par l'oracle de Bouto, Montu. La tache de naissance qui marque son dos est l'empreinte de Sekhmet qui nous permettait de l'identifier. Nous l'avons livré aux cobras afin d'obtenir la preuve qu'il était bien le sauveur de l'Empire. Selon l'oracle, cet enfant n'avait rien à craindre des animaux. Lorsque, par la suite, ton ami m'a relaté son aventure avec les crocodiles, j'ai été encore plus fortement convaincu que nous venions de trouver l'élu qui pourrait préserver l'Égypte de sa fin imminente.

— Sa fin imminente ! s'exclama Montu en fronçant les sourcils. Pourtant, l'Égypte ne semble pas si mal en point ! Le ciel est bleu, le Nil a fertilisé les terres comme il le fait chaque année ; et puis, c'est sans inquiétude que les hommes répandent les semailles ! Si la fin est proche, comment se fait-il que personne n'en parle ?

— Peu de gens sont au courant, expliqua le grand prêtre. C'est mieux ainsi, mon garçon. Il faut éviter d'ébruiter la chose. Si cela se savait, les sujets de Pharaon le tiendraient assurément pour responsable du grand péril qui guette le royaume. Ils tenteraient sans doute de le déloger de son trône et, ce faisant, ils anéantiraient leur unique possibilité d'éviter le grand cataclysme qui doit avoir lieu dans trois ans.

— Trois ans ! répéta Montu en écarquillant les yeux. Pourquoi les dieux permettraient-ils une telle catastrophe ? La main divine de Rê va certainement intervenir pour nous sauver !

— Hélas ! murmura Ankhhaef en faisant la moue, Rê n'interviendra pas, Montu. Du moins, pas en notre faveur. Car c'est de sa propre main que déferlera le flot funeste qui engloutira l'Empire. Leonis est l'unique mortel capable de nous préserver de la fureur du dieu-soleil. C'est la raison pour laquelle il est ici. Le jour de ta délivrance, il a quitté Memphis pour partir en quête du talisman des pharaons. Cet objet représente la clé qui nous permettra peut-être de sauver notre royaume. En revenant sauf et triomphant de cette aventure, ton ami nous a apporté la confirmation de son inestimable valeur et, en ce qui me concerne, j'ai dorénavant la certitude que l'Empire survivra.

— La victoire est encore loin, grand prêtre! avertit l'enfant-lion. Le talisman est entre nos mains, mais les joyaux de la table solaire se trouvent toujours dans des lieux qui nous sont inconnus. Comme je vous l'ai dit, j'ai eu des révélations durant ma quête. Je n'ai pas la moindre envie de passer pour un fou; je ne vous ferai donc pas le récit des péripéties que j'ai vécues là-bas. Mais, puisque vous savez déjà que le talisman des pharaons devait m'être attribué par les dieux, vous devez vous imaginer que, dans les souterrains où je devais poursuivre ma mission, j'ai assisté à des prodiges défiant le bon sens.

— Je comprends les réticences qui t'empêchent de tout me raconter, Leonis. Tu sembles cependant oublier que je suis un prêtre. En ma qualité d'homme de culte, je suis disposé à admettre la probabilité de bien des phénomènes.

— Je ne me sens pas prêt à vous en parler, grand prêtre Ankhhaef. J'ai encore du mal à me convaincre que tout cela a bel et bien existé. Je vous ai rapporté le talisman des pharaons. Pour l'instant, c'est tout ce qui importe. Si vous me disiez plutôt ce que vous savez à propos des joyaux de la table solaire. Mes révélations ne vous surprendront peut-être pas.

— Nous en savons bien peu à ce sujet. Le temple qui abrite cette table fut érigé par le pharaon Djoser il y a environ cent cinquante ans. La légende raconte que la table, ainsi que les douze joyaux qui l'accompagnaient, fut offerte à Djoser au début du prestigieux règne de ce dernier. Il s'agissait d'un cadeau des dieux à l'intention de ce souverain, qui avait mérité leur reconnaissance. En échange de ce précieux don, le pharaon reçut la mission de construire un magnifique temple dédié à Rê. Ce lieu sacré devait comporter une chambre aux murs épais, sans fenêtre et destinée à recevoir la table aux douze joyaux. Le temple fut achevé et la table de granit rose fut déposée sur un socle d'or. Djoser ignorait l'usage de la table solaire. Elle se divisait en douze parties. Dans chacune d'elles se trouvait un alvéole consacré à l'un des joyaux. Durant une cérémonie, chacun des précieux joyaux fut déposé sur la section de la table qui lui correspondait. Lorsque ce fut fait, la pièce s'emplit d'une vive lumière, et une douce musique vint caresser les oreilles du roi et des trois prêtres qui l'assistaient. Rê apparut alors devant leurs yeux émerveillés.

Le grand prêtre Ankhhaef resta quelques secondes silencieux, comme s'il désirait entretenir le suspense. Puis il poursuivit son récit:

— Le dieu-soleil expliqua que la table avait été créée pour permettre aux mortels de lui livrer l'offrande suprême quand le temps serait venu d'apaiser sa colère. Djoser demanda humblement quelle faute il avait commise pour provoquer ainsi la vengeance de Rê. Ce dernier rassura le pharaon en lui disant que cette offense n'avait pas encore eu lieu et qu'elle se produirait bien après son glorieux règne. Le dieu ajouta que les joyaux devaient être retirés de la table solaire. Djoser devait veiller à ce qu'ils soient convenablement dissimulés. Il devait aussi s'assurer de laisser des repères à l'intention de ceux qui, plus tard, auraient la responsabilité de livrer l'offrande suprême pour éviter le châtiment de Rê. Les douze joyaux ont donc quitté le temple pour se retrouver on ne sait où. Un mois après l'apparition du dieu-soleil dans la pièce où se trouve la table, un immense bloc de pierre en a subitement bloqué l'accès. Ce bloc s'est matérialisé en plein jour sous le regard ahuri d'un prêtre qui se trouvait dans une salle contiguë. L'histoire dit aussi que, lorsque ce prodige est arrivé, un autre prêtre serait demeuré prisonnier de la chambre. Si cela est vrai, ce malheureux a dû connaître une fin atroce. L'accès à la table solaire était désormais interdit. Au fil du temps, la chambre où elle trône est devenue secrète.

Seuls quelques initiés connaissent son emplacement. Dans le bloc qui la scelle, une fente est destinée à recevoir le talisman des pharaons. Ce détail nous a été révélé en même temps que l'existence du sauveur de l'Empire. Nous avons vérifié. Ce trou existe bel et bien. C'est tout ce que je sais, Leonis. Que pourrais-tu m'apprendre de plus?

— Rien, grand prêtre... Vous savez tout. Mais, puisque vous savez que les joyaux ont été cachés par des hommes, vous conviendrez sans doute que je dois m'attendre au pire en me lançant à leur recherche. Les hommes sont prêts à bien des excès pour préserver leurs plus infimes possessions. Pour Djoser, ces douze joyaux devaient avoir une valeur inestimable. Ce roi était ambitieux. De plus, il pouvait compter sur le vénéré Imhotep, le plus grand architecte de tous les temps. La tâche de dissimuler les joyaux a certainement été prise au sérieux par Djoser. Il aura sans doute usé de toutes ses ressources pour les rendre inaccessibles.

— Qui sait? répondit Ankhhaef, l'air songeur. Sans doute que le talisman des pharaons soulèvera un peu le voile de mystère qui recouvre tout cela.

— Quand irons-nous visiter cette chambre secrète? demanda l'enfant-lion.

— Dans une semaine, mon garçon. Mykérinos est déjà à Héliopolis. C'est lui qui devra révéler l'entrée de la chambre. En attendant ce jour, tu conserveras le talisman.

— Croyez-vous que les adorateurs d'Apophis sont au courant de mon retour ?

— Comment peut-on le savoir, Leonis ? C'est bien possible. Au palais, en dépit de l'absence de Pharaon, il reste encore une cinquantaine de domestiques. Les soldats de la garde royale savent que tu es revenu. Si l'espion dont je t'ai déjà parlé se trouve parmi ces gens, les adorateurs d'Apophis auront certainement appris la nouvelle.

— Qui sont les adorateurs d'Apophis ? interrogea Montu.

— Ils sont nos ennemis, répondit Leonis. Ils tenteront de m'anéantir afin de m'empêcher de livrer l'offrande suprême. Le profond désir de leur maître, l'odieux Baka, serait de voir l'Empire disparaître sous de gigantesques marées de larmes et de sang. Ils veulent ma mort, Montu. Ils veulent aussi assister à la destruction de la glorieuse Égypte. Je ne permettrai ni l'un ni l'autre, mon ami… Et j'ai vraiment hâte que ces scélérats le sachent !

5
LES ADORATEURS D'APOPHIS

La réputation de la taverne de Djehouty n'était plus à faire. Il s'agissait d'un véritable coupe-gorge, l'un des endroits les plus mal famés de Memphis. C'était aussi l'un des rares commerces qui, durant le temps des semailles et celui des moissons, ne subissaient qu'une faible baisse d'achalandage. Sous le toit du vieux Djehouty se réunissaient de bien sombres individus. Il y avait là des assassins, des pilleurs de tombeaux et des voleurs de grand chemin. Si un paysan malintentionné voulait mettre le feu aux champs de son voisin, il trouvait en ce lieu le volontaire qu'il lui fallait. Chez Djehouty, le vin se payait souvent avec l'or des marchands détroussés. Au milieu de danseuses vêtues de voiles diaphanes, d'acrobates aux corps élancés et de musiciens que personne n'écoutait, on jouait aux dés en misant le fruit de nombreux brigandages. On y buvait beaucoup, on s'y battait souvent et, dans la cacophonie des conversations viriles mêlées de rires sonores, fusaient des jurons propres à faire craquer les murs des temples. Le sol était couvert de tapis maculés de taches et de coussins râpés. Des lampes fumeuses diffusaient plus de brume que de lumière. Il y faisait sombre, l'air s'y révélait irrespirable et les voyous s'y sentaient bien.

Dans un coin de la taverne, Hay et son camarade Amennakhté buvaient de la bière dans des gobelets métalliques. D'ordinaire, les deux gaillards s'amusaient bien lorsqu'ils entraient chez Djehouty. Mais, ce soir-là, c'était différent. Amennakhté et Hay n'avaient aucune envie de rigoler. La beauté gracile des danseuses les laissait froids et si, pour une fois, ils percevaient les accords discordants des musiciens, c'était en éprouvant le désir furieux de les assommer avec leurs propres instruments. En chassant une mouche bien grasse qui s'était posée sur son gobelet, Amennakhté soupira:

— Le maître Baka était vraiment en colère.

— Ça, tu peux le dire! approuva Hay. L'enfant-lion a accompli sa mission. Nous avons longtemps cru que la réussite de cette quête serait chose impossible. Maintenant que Mykérinos possède le talisman des pharaons, il nous faudra tout mettre en œuvre pour éliminer ce gamin.

— C'est facile à dire, Amennakhté ! Nous ne savons même pas à quoi il ressemble ! Si au moins notre espion pouvait nous fournir un portrait de lui ! Même si l'enfant-lion sortait du palais pour aller se balader dans la capitale, nous devrions chercher un adolescent de quatorze ans dans une cité qui en compte des centaines ! Nous savons seulement qu'il a les cheveux noirs, la peau cuivrée et les yeux verts. En Égypte, presque tout le monde a les cheveux noirs et la peau cuivrée ! Les yeux de l'enfant-lion sont uniques, mais il faudrait qu'il passe à quelques pas de nous pour que nous ayons une chance de les remarquer !

— Tu oublies la marque, Hay.

— La marque ! Nous avons cherché cet enfant pendant trois ans ! Nous étions cinq cents à inspecter les foules en espérant apercevoir cette marque sur le dos d'un gamin ! Les prêtres de Mykérinos l'ont trouvé avant nous ! Désormais, l'enfant-lion porte certainement des tuniques pour cacher son dos et il se terre derrière l'enceinte du palais royal !

— Au moins, nous savons où il est, maintenant.

— Nous savons aussi qu'il est revenu au palais avec le talisman. Mykérinos vient de remporter une première victoire et notre maître est furieux.

Amennakhté haussa les épaules. Il trempa les lèvres dans sa bière, et son regard songeur s'égara dans le brouillard qui baignait l'endroit. Finalement, il dit :

— Au fond, ce qui m'attriste le plus dans cette histoire, c'est de ne pas avoir touché la récompense promise pour la capture de ce garçon. Cent debens[2] d'or ! Tu te rends compte de tout ce qu'un homme peut faire avec une fortune pareille ?

— Tu ne penses qu'à l'argent, Amennakhté ! Tu sembles oublier notre cause ! Là où nous irons, lorsque le grand cataclysme aura anéanti l'Égypte, nous n'aurons plus besoin du moindre grain d'or. Les bienfaits de l'univers seront à nous et nous n'aurons rien à faire pour les obtenir… Mettrais-tu en doute la parole de Baka ?

— Je ne mets rien en doute, Hay ! C'est Baka lui-même qui a décidé d'offrir cette récompense à qui capturerait l'enfant-lion ! Si notre maître est capable d'agir ainsi, il

2. DEBEN : MESURE DE POIDS (OR, ARGENT OU CUIVRE) ÉQUIVALANT À 90 GRAMMES. LES ÉGYPTIENS UTILISAIENT LE DEBEN DANS LEURS TRANSACTIONS COMMERCIALES.

doit forcément supposer qu'un peu de luxe n'a jamais tué personne ! Et puis, tu me connais bien, mon vieux ! Tu sais que je suis probablement le plus loyal des adorateurs d'Apophis !

Un individu maigre et enjoué s'approcha des deux acolytes. Il souriait et dansait en agitant devant lui une statuette de bois représentant un mort. Il se pencha pour bien montrer l'effigie à Amennakhté et à Hay qui le regardaient avec des yeux mauvais. Sur un ton jovial, il lança :

— Voyez le mort, mes gaillards ! Regardez-le, amusez-vous et buvez, car vous ne pourrez plus le faire lorsque vous serez comme lui !

Hay montra son poing énorme au chétif personnage. D'une voix menaçante, il répliqua :

— Regarde ce poing, espèce de momie ambulante ! Regarde-le et laisse-nous tranquilles, car, si tu insistes, tu deviendras aussi raide que ton affreuse sculpture !

L'individu roula des yeux terrifiés. Les épaules basses, il s'éloigna en évitant d'agiter sa statuette. Les deux adorateurs d'Apophis rigolèrent un bon coup. Hay prit la cruche de bière qui se trouvait devant lui et il remplit son gobelet.

Assis à une coudée derrière Hay et Amennakhté, un jeune homme au crâne rasé tendait discrètement l'oreille afin de ne rien perdre de leur conversation. Les paroles qu'échangeaient ces rudes gaillards l'intéressaient au plus haut point. Au début, il avait écouté malgré lui. Ensuite, quelques détails étaient venus piquer sa curiosité. Il s'était donc concentré sur ce que disaient ces hommes, dans l'espoir d'en savoir plus long sur cet enfant-lion, sujet de leurs propos.

Comme tous ceux qui fréquentaient la taverne du vieux Djehouty, ce jeune client avait l'étoffe d'un scélérat. Pourtant, quelques semaines auparavant, il évoluait encore parmi les nobles. Il était une canaille, certes, mais une canaille de bonne famille. Malheureusement pour lui, le vent avait tourné et, maintenant, cet odieux personnage se retrouvait banni des siens, disgracié comme un rat et bien loin du respect horrifié qu'il avait naguère imposé à nombreux de ses semblables. Son esprit était habité par une terrible soif de vengeance. Ce soir-là, il était entré chez Djehouty avec la ferme intention de boire jusqu'à rouler par terre. Il n'avait jamais éprouvé d'attirance particulière pour ces bouges infâmes qui conviaient les hommes à se conduire avec l'indiscipline du singe et l'obscénité de la hyène. Toutefois, en s'installant dans un coin reculé de cette taverne, où le mal semblait suinter des cloisons, le jeune homme au crâne rasé s'était tout de suite senti chez lui. Il avait commencé à boire du vin en comptant s'y noyer, mais, sans le savoir, les adorateurs d'Apophis l'avaient préservé d'une horrible gueule de bois. Le jeune homme avait renoncé au vin. Il attendait impatiemment que ses voisins reprennent leur discussion interrompue par le danseur à la statuette. Ce moment ne tarda pas. Hay asséna une claque sur un coussin pour déclarer d'une voix acrimonieuse :

— Nous l'aurons, ce gamin ! Il n'y a pas de raison pour qu'il nous échappe encore longtemps ! Nous finirons bien par savoir exactement de quoi il a l'air ! On devrait remplacer l'espion qui se trouve au palais ! C'est un incapable !

— Ce bougre a rendu de précieux services à Baka, fit remarquer Amennakhté. Grâce à lui, nous savons presque tout ce qui se passe dans l'entourage de Mykérinos. Il faudrait être génial pour parvenir à démasquer le petit. Cet espion utilise des méthodes vraiment exceptionnelles ! Un jour, il trouvera un moyen de nous indiquer clairement qui est l'enfant-lion.

— Puisqu'il réside dans l'enceinte du palais, comment cela se fait-il qu'il ne tente rien pour assassiner l'enfant ?

— Pour l'instant, il vaut mieux qu'il n'en fasse rien. Ses chances de réussir un pareil coup sont plutôt minces. L'enfant-lion est entouré de gens qui le protègent. L'espion risquerait d'être découvert sans être parvenu à trucider le gamin. Baka perdrait alors un allié important. Nous n'aurions plus le moindre renseignement émanant du palais royal, et le sauveur de l'Empire aurait la voie libre.

— On peut tuer quelqu'un tout en restant discret, affirma Hay. Il suffirait de l'empoisonner ou de glisser quelques scorpions dans son lit!

— C'est au maître d'en décider, Hay. Désormais, le gamin devra fréquemment quitter le palais royal pour partir à la recherche des joyaux. Le plaisir de l'assassiner reviendra fort probablement aux troupes d'élite de Baka. L'espion nous renseignera sur ses faits et gestes, et nous finirons bien par piéger ce Leonis!

Derrière eux, le jeune homme au crâne rasé sursauta. En tremblant d'excitation, il ramassa le long bâton qu'il avait déposé devant lui. Il se leva lentement. Le peu de vin qu'il avait bu lui faisait tourner la tête. En souriant de toutes ses dents, il alla s'asseoir face aux adorateurs d'Apophis. Hay l'accueillit avec son amabilité coutumière:

— Que veux-tu, tête de melon ? Ta maman serait fâchée de te voir ici !

Le jeune homme ne broncha pas. Il souriait toujours et son regard étincelait d'une flamme maléfique. Sur le ton de ceux qui ont l'habitude de commander, il se présenta :

— Je vous salue, les amis ! Je me nomme Hapsout ! Si vous voulez savoir à quoi ressemble l'enfant-lion, je peux grandement vous aider. Conduisez-moi à votre maître et vous ne le regretterez pas ! Je sais qui est ce Leonis. Vous devez me croire : personne ne désire la mort de ce misérable autant que je la désire moi-même !

6
LE CHAGRIN DE LEONIS

Il y avait maintenant trois jours que Leonis était revenu de sa quête. Lui et Montu savouraient chaque instant de leur nouvelle vie. Quelquefois, les anciens esclaves s'arrêtaient de rire, de courir et de jouer. Immobiles, ils jetaient un regard ébahi sur le décor qui les entourait. Les deux amis évoluaient maintenant dans un monde d'abondance qui sentait bon la liberté. Par moments, ils n'en revenaient tout simplement pas. Ils étaient pris de vertige en songeant aux immenses possibilités qui s'offraient désormais à eux: des oiseaux nouvellement libérés qui, habitués à l'étroitesse d'une cage, éprouvaient à la fois ivresse et inquiétude devant ce vaste firmament se déployant devant leurs yeux.

Cet après-midi-là, les garçons se livraient à une étrange activité de leur invention. L'enfant-lion lançait un gros caillou en direction de son ami qui se tenait à environ cinq longueurs d'homme de lui. Montu attendait que la pierre arrive à sa portée, et il s'élançait pour tenter de la frapper avec un bâton. La dernière de leurs nombreuses tentatives fut couronnée de succès. Le bâton de Montu heurta violemment le caillou que venait de lui lancer Leonis. Le projectile fila comme une flèche avant de traverser le mur d'enceinte.

— Tu as vu ça! s'écria Montu avec enthousiasme.

— J'espère que personne n'a reçu ce caillou sur la tête! s'inquiéta Leonis en fixant l'endroit de la muraille où venait de disparaître la pierre.

— Je n'aurais jamais cru que ça pouvait aller aussi loin! C'est amusant, non? Nous pourrions même en faire un jeu! Le frappeur et le lanceur échangeraient leurs rôles, disons... tous les trois lancers; et le frappeur obtiendrait un point chaque fois que sa pierre traverserait le mur d'enceinte. Qu'en penses-tu?

— C'est assez ingénieux, mon vieux. Tu crois que ce jeu pourrait devenir populaire?

— Mais non, Leonis ! Je blaguais ! Un divertissement aussi banal n'intéressera jamais personne, tu le sais bien !

— Tu as sans doute raison. Oublions donc ce jeu avant de blesser quelqu'un. Tu as cogné tellement fort qu'on aurait dit que tu cherchais à atteindre le soleil !

— J'ai eu une inspiration pour frapper aussi fort, déclara Montu avec un large sourire.

— Quelle était cette inspiration, mon ami ?

— J'ai simplement imaginé que la face de vipère du contremaître Hapsout se trouvait à la place de ce caillou.

— Dans ce cas, renchérit Leonis en pouffant, il est bien étonnant que tu n'aies pas atteint le soleil ! Sais-tu que ce gredin de Hapsout a été renvoyé du chantier ?

— Oui. Ankhhaef m'a annoncé la nouvelle. J'aurais bien aimé assister à ce spectacle !

Montu jeta son bâton dans une haie et les deux amis allèrent s'asseoir à l'ombre d'un grand arbre. Ils fermèrent les yeux pour écouter un oiseau particulièrement doué qui criblait le silence de notes brèves et mélodieuses. L'oiseau se tut et prit son envol dans un bruissement d'ailes à peine perceptible. Les garçons se laissèrent envelopper par la fraîcheur des jardins. De suaves effluves faisaient palpiter leurs narines. Au bout d'un moment, l'enfant-lion soupira:

— Cette nuit, j'ai encore fait un mauvais rêve...

— Est-ce le même cauchemar qu'avant? interrogea Montu. Celui dans lequel tu revoyais chaque fois le marchand d'esclaves emporter ta petite sœur?

— Non, mon vieux... À présent, ce maudit cauchemar a été remplacé par un autre encore plus douloureux. Durant ma quête, j'ai vu ma sœur Tati. Elle souffrait et je ne pouvais rien y faire... C'était... atroce... Depuis, je suis incapable de chasser ces images de mon esprit.

— Vraiment? Tu... tu as rencontré ta petite sœur!

— En fait, l'image qui m'est apparue n'était que la projection d'une scène qui se déroulait ailleurs... Il m'est impossible de t'expliquer ce qui est arrivé dans ces souterrains. J'ai vécu là-bas des aventures qui dépassent l'entendement. Il aurait fallu que tu sois là pour comprendre. Toutefois, au nom de notre amitié, tu dois me croire, Montu. L'image de Tati était devant moi. Je l'ai revue.

— Je te crois, Leonis. Je n'y comprends rien, mais je te crois. Tu as dit qu'elle souffrait?

— Ma sœur est toujours soumise à l'esclavage. Elle tisse le lin dans un sordide atelier situé je ne sais où. Elle est pitoyable, mon ami. J'ai eu peine à la reconnaître, tellement elle était sale. J'ai constaté avec horreur qu'on la battait. Je suis persuadé qu'elle ne mange pas à sa faim…

Montu posa une main sur l'épaule de Leonis. Le regard vert de ce dernier était brouillé de larmes. L'enfant-lion adressa un sourire reconnaissant à son compagnon. Il respira profondément et s'essuya les yeux du revers de la main avant de déclarer :

— Je retrouverai Tati ! Le grand prêtre Ankhhaef m'a assuré que Pharaon avait déjà envoyé des hommes à sa recherche. À l'avenir, ils devront visiter tous les ateliers de tissage d'Égypte. Il y en a tellement ! Leur tâche sera assurément malaisée. Mais, au lieu de la chercher partout, ils pourront dorénavant se concentrer sur cette piste. Ma sœur et moi habitions Thèbes quand le maître Pendoua nous a vendus. Avec un peu de chance, Tati se trouve toujours dans cette région.

— Il ne faut pas perdre espoir, Leonis. Tu me répétais souvent cette phrase quand nous travaillions sur le chantier. Tu me parlais de meilleurs jours à venir et tu avais raison. Je suis certain que ta petite sœur Tati sera bientôt avec nous.

— Je n'ai jamais cessé d'y croire, Montu. Le désir de la retrouver m'a permis de traverser les pires moments. Mais combien de temps souffrira-t-elle encore avant que je puisse enfin la prendre dans mes bras ? Ma vie est aujourd'hui pleine de bonnes choses et plus je goûte au bonheur, plus la misère de Tati m'apparaît immense et insupportable.

Leonis et Montu aperçurent Raya qui revenait du quartier des domestiques, les bras lourdement chargés. Ils se levèrent pour aller lui donner un coup de main. La jeune fille était essoufflée. Quelques mèches noires et bouclées adhéraient à son front moite. Les lignes de poudre sombre qui allongeaient ses yeux se diluaient dans une sueur huileuse. Malgré tout, Raya souriait. Elle déposa son panier tressé qui contenait quatre jarres de vin. Elle se débarrassa également des deux lourds sacs qu'elle portait sur ses frêles épaules. Leonis lui lança sur un ton rempli de reproche :

— Tu es chargée comme un âne, ma pauvre Raya ! Pourquoi n'es-tu pas venue nous chercher pour transporter ces choses ? Tu pourrais te blesser en te surmenant comme cela !

— Je n'avais guère besoin de votre aide, mes amis. Je me suis chargée ainsi parce que j'aime bien mettre mes forces à l'épreuve.

Sinon je n'avais qu'à faire trois voyages au lieu d'un seul. Cet entraînement est très efficace, Leonis. Grâce à ces exercices quotidiens, je peux me défendre contre les voyous qui entrent dans la maison au beau milieu de la nuit. Tu comprends ce que je veux dire, n'est-ce pas?

— Je comprends très bien, acquiesça Leonis en rougissant. À cause de ton accueil fracassant, mon menton est encore douloureux.

— Heureusement que, ce soir-là, j'étais un peu fatiguée, ajouta Raya avec un sourire espiègle.

— Vous préparez une fête? demanda Montu en désignant les jarres de vin.

— Ankhhaef est revenu ce matin. Vous étiez déjà partis vous rouler dans l'herbe comme des gamins. Il m'a demandé de vous aviser que le vizir Hemiounou sera notre invité pour le repas du soir.

— Le vizir viendra dans ma demeure! s'exclama l'enfant-lion.

— Oui, répondit Raya. Pour l'occasion, nous allons préparer un succulent agneau à la broche. Vous mangerez sur la terrasse et, même si cela ne te plaît pas, mon cher Leonis, Mérit et moi devrons agir selon les convenances et t'appeler «maître». Le vizir n'accepterait guère de voir des servantes de la cour contrevenir aux règles. Le grand prêtre Ankhhaef est également assez pointilleux à ce sujet.

— Avez-vous besoin d'aide à la cuisine ? risqua Montu.

— Tu es bien gentil, Montu, mais nous devons disposer de suffisamment de nourriture pour recevoir le vizir. Si tu mettais ton nez dans nos plats, Hemiounou s'en retournerait certainement chez lui avec l'estomac vide.

Montu ne répliqua pas à la plaisanterie de la servante. Son regard horrifié fixait un point précis des jardins. Raya et Leonis se tournèrent pour voir ce qui bouleversait ainsi le jeune garçon.

7
LE BOSSU ET LES SINGES

Un homme marchait dans leur direction. En fait, s'agissait-il bien d'un homme ? Le personnage avait un crâne démesuré et couronné de cheveux hirsutes. Il ne portait qu'un pagne crotté, ce qui révélait la majeure partie de sa navrante anatomie. Une énorme protubérance déformait son dos et il avançait courbé, bancal, comme harassé sous le poids de cette immonde bosse. Sa jambe droite, nettement plus courte que la gauche, contribuait à accentuer la démarche boiteuse du malheureux. L'un de ses bras n'avait rien de particulier ; l'autre, par contre, était maigre, tordu, et se terminait par deux doigts charnus, dont l'ensemble évoquait davantage le sabot du bœuf que la main humaine. Son visage se révélait encore plus monstrueux que le reste. Ses yeux exorbités étaient de guingois : le premier frôlait la joue, et le second touchait le front. Son nez était informe et violacé. Ses lèvres, distendues en un affreux rictus, dévoilaient des dents jaunes et irrégulières. La vue de cet être de cauchemar ne pouvait laisser personne indifférent. Son image inspirait l'horreur et le dégoût. Elle suscitait aussi une extrême pitié et un profond désarroi devant l'injustice des dieux qui, cruellement, avaient soumis cet individu aux regards médusés des autres, l'obligeant également à évoluer dans un monde où il ne trouverait aucun de ses semblables.

En dépit de l'horrible apparence du bossu, Raya ne semblait pas impressionnée. Elle l'accueillit avec un sourire chaleureux.

— Bonjour, Tcha ! dit-elle. Où sont donc tes inséparables compagnons, mon brave ami ?

— Les singes s'amusent dans les arbres, jolie Raya, répondit le bossu. Les singes s'amusent tout le temps. Si vous voulez les voir, Tcha n'a qu'à les appeler. Tcha est le maître de ces petites fripouilles et elles obéissent à Tcha.

Le monstre lança vers le ciel trois appels brefs, puissants et aigus. Au loin, des cris semblables lui répondirent. La figure de Tcha se distordit en une grimace qui pouvait passer pour un sourire. En se dandinant sur ses jambes dépareillées, il déclara :

— Les compagnons de Tcha seront bientôt ici, jolie Raya !

La jeune servante se tourna vers Montu et Leonis pour faire les présentations.

— Tcha est le plus efficace des domestiques de ce palais. Sa tâche première consiste à veiller à l'irrigation des jardins. Toutefois, si vous avez besoin de lui pour autre chose, il sera très heureux de vous venir en aide. Je me demande quelquefois ce que nous ferions sans ce brave homme ! En plus, Tcha est dresseur de singes ! Vous allez rigoler lorsque vous verrez ces bêtes ! Il leur a enseigné des choses extraordinaires !

— Nous sommes heureux de faire ta connaissance, Tcha, fit Leonis en s'efforçant de regarder cet homme hideux, comme il l'aurait fait avec n'importe qui d'autre. Je m'appelle Leonis et voici mon copain Montu.

— Tcha est heureux, lui aussi, de connaître monsieur Leonis et monsieur Montu. Tcha connaissait déjà vos noms, mais il ne pouvait pas venir vous rencontrer, car il est vraiment trop laid et, toujours, il fait peur aux gens. Tcha ne voulait pas vous effrayer.

L'enfant-lion ne pouvait guère trouver les mots pour contredire les propos pessimistes de ce malheureux. Tcha était affreux. Il eût été malhonnête et offensant d'oser prétendre le contraire. Fort heureusement, ce silence embarrassé ne dura que quelques secondes. Il fut rompu par les criaillements d'un groupe de babouins qui s'amenaient en courant. Ils étaient quatre et, juste en les voyant, il était presque impossible de s'empêcher de rire. Les primates portaient tous un pagne, et leur tête était ornée d'un bonnet de paille. Leonis songea, non sans tristesse, que l'aspect physique de ces singes était résolument plus humain que celui de leur infortuné dresseur.

Les babouins s'immobilisèrent aux pieds de Tcha qui, d'un simple geste de sa main valide, leur intima l'ordre de se taire. Les primates obtempérèrent aussitôt; puis, en se tenant debout, ils demeurèrent figés comme des statues. Visiblement fier, le bossu présenta ses compagnons:

— Voici Abi, To, Ti et Toui. Ils sont presque pareils, mais Tcha les reconnaît toujours. C'est la même chose avec la jolie Raya et la jolie Mérit: Tcha sait les différencier même si elles ont la même jolie figure. Abi, To, Ti et Toui font beaucoup de tapage et ils se chamaillent tout le temps. Lorsqu'elles vont cueillir des figues, ces petites fripouilles en mangent plus qu'elles n'en ramènent. Mais Tcha les aime bien et elles aiment bien Tcha. Elles savent faire des choses qui font rire les gens. Vous allez voir…

Le bossu émit quelques sons stridents et les primates s'activèrent aussitôt. L'un d'eux sortit une minuscule flûte dissimulée dans un pli de son pagne. Il porta l'instrument à ses lèvres et gonfla ses joues pour souffler vigoureusement dans son embouchure. Le son qui jaillit de la flûte n'avait rien d'agréable. Cependant, les trois autres babouins semblaient grandement l'apprécier. Ils se mirent à danser sur les notes discordantes que produisait leur congénère. Chacun de leurs gestes se voulait gracieux, mais la maladresse qu'ils montraient dans l'exécution de leur danse transformait cette dernière en parodie désopilante. Leonis, Montu et Raya riaient à gorge déployée. Lorsqu'ils achevèrent leur prestation, les singes exécutèrent une cérémonieuse révérence qui fut saluée par les acclamations des trois jeunes gens. Ils se mirent en rang devant leur maître. Tcha les félicita en tapotant leurs bonnets de paille ; puis, d'un signe de la main, il les autorisa à retourner à l'endroit d'où ils étaient venus. Les trois danseurs détalèrent sur-le-champ. Le babouin musicien prit le temps de ranger sa flûte avant de se lancer à leur poursuite. Le bossu suivit ses protégés des yeux en chuchotant :

— Ah, ces petites fripouilles ! Tcha les aime bien…

— Tu es vraiment très fort, Tcha! s'exclama Montu, encore émerveillé par ce qu'il venait de voir.

— Je n'ai jamais rien vu d'aussi drôle! renchérit Leonis.

— Tcha est heureux de voir que monsieur Montu et monsieur Leonis ont apprécié la danse des singes. Abi, To, Ti et Toui font ce numéro depuis des années. Ils en connaissent beaucoup d'autres! Maintenant que vous avez rencontré Tcha et que sa laideur ne vous fait plus peur, il pourra revenir avec ses compagnons pour divertir monsieur Leonis et monsieur Montu. Tcha doit maintenant partir, car les jardins ont soif et Tcha doit leur donner à boire.

L'enfant-lion et ses compagnons saluèrent le bossu. Ils le virent ensuite clopiner lentement vers le quartier des domestiques. Leonis murmura:

— Quel pauvre homme!

— Ce malheureux a beaucoup souffert, déplora Raya. Il y a quinze ans, lorsque l'ignoble Baka a été chassé de son trône, les soldats de Mykérinos ont découvert Tcha dans l'un des cachots du palais. Il était affamé et son corps était couvert de blessures. Il a été soigné et a rapidement recouvré ses forces. Mais quand le temps a été venu pour lui de quitter le palais, il n'a fait que quelques pas à l'extérieur de l'enceinte avant de s'évanouir. Les gardes l'ont donc ramené dans le quartier des domestiques. Depuis ce jour, Tcha n'a plus jamais voulu franchir ces murailles. Il craint d'effrayer les gens du dehors, mais, plus que tout, il craint de rencontrer les adorateurs d'Apophis. Ces scélérats l'ont tant tourmenté !

— Pourquoi l'ont-ils emprisonné ?

— Pour rien... Tcha habitait une hutte dans les marais du delta. Il ne voyait presque jamais personne et sa vie était heureuse. Il pêchait, mais il ne chassait pas. Tcha est l'ami des animaux. En raison de son apparence, il a toujours préféré leur compagnie à celle des hommes. Les bêtes ne le jugent pas et elles voient en lui une créature gentille qui n'a rien d'étrange. Elles ne remarquent pas sa laideur. Tcha habitait donc paisiblement dans les marais lorsque des hommes de Baka l'ont découvert. Ils l'ont amené à Memphis pour qu'il amuse le pharaon. Baka en était heureux. Il aimait bien exhiber ce phénomène devant ses invités. Durant des mois, Tcha a subi l'humiliation et les coups... Puis, un jour, le bossu n'a plus intéressé personne. On l'a jeté dans ce cachot où, pendant plus d'un an, il n'a jamais vu la lumière. Au moment de sa libération, il était pratiquement aveugle. Ses gardiens l'avaient souvent battu et les rations de nourriture dont il avait fait son quotidien auraient à peine suffi à assouvir la faim d'un petit chat.

— Il y a des gens vraiment cruels ! déclara Montu en serrant les dents.

— Les adorateurs d'Apophis sont des êtres méprisables ! ajouta Raya. Heureusement, ce pauvre Tcha a retrouvé une vie paisible. Malgré cela, je sais qu'il a peur… Quelquefois, il semble anxieux comme une antilope. Il sursaute au moindre bruit et son visage est rempli d'inquiétude. Les atrocités qu'il a vécues resteront à tout jamais gravées dans sa mémoire.

— La triste histoire de Tcha vient encore augmenter mon désir de contrer les adorateurs d'Apophis ! déclara l'enfant-lion. Baka et ses sinistres hordes vont bientôt payer pour les actes infâmes qu'ils ont perpétrés !

Les jeunes gens virent le bossu disparaître derrière un bosquet. Ils se partagèrent ensuite le fardeau de Raya pour se diriger silencieusement vers la maison.

8
L'ESPION

Les convives avaient fait honneur au repas et au vin. Du savoureux agneau à la broche préparé par Mérit et Raya, il ne restait plus qu'une carcasse dépouillée qui fumait encore au-dessus d'un tas de braises mourantes. Les domestiques avaient allumé des flambeaux pour éclairer l'endroit et pour prémunir l'hôte et ses invités de la fraîcheur du soir. Dans un coin de la terrasse, on avait couvert le sol de nattes et de coussins. Leonis était assis aux côtés du vizir Hemiounou. Montu et le grand prêtre Ankhhaef leur faisaient face.

Lorsqu'ils virent Raya s'approcher d'eux avec une jarre de vin, les deux garçons se regardèrent en souriant discrètement. Durant le repas, ils avaient dû refouler leurs fréquentes envies de rire. Puisque Leonis détestait se faire appeler « maître » et que, pour le moment, il ne pouvait guère s'y opposer, Raya et Mérit profitaient de l'occasion pour se moquer un peu de lui. Les jumelles prenaient un ton suave et elles rivalisaient d'imagination pour le couvrir de qualificatifs frôlant la démesure. Lorsque Raya déposa la jarre de vin au milieu des convives, Leonis aperçut encore une fois l'étincelle d'espièglerie qui animait son regard. La jeune fille s'agenouilla avec soumission et elle baissa les yeux pour lui demander :

— Le temps est-il venu d'appeler Mérit pour qu'elle vienne charmer vos oreilles ainsi que celles de vos augustes invités, brave et vénéré maître ?

— C'est une excellente idée, Raya, approuva Leonis, mal à l'aise. La douce musique de Mérit sera certainement très appréciée.

— Puisque tel est votre désir, il en sera ainsi, seigneur et maître dont le nom est aimé des dieux.

Raya se leva en adressant un clin d'œil coquin à l'enfant-lion. Ce dernier lui lança un regard exaspéré pour lui signifier qu'elle en faisait trop. Le vizir, qui n'avait rien remarqué de ce petit jeu, ne partageait pas l'avis de l'adolescent. Il hocha la tête avec contentement avant de déclarer :

— Tes servantes ont été très bien éduquées, Leonis. De plus, elles sont belles, gracieuses et talentueuses ! En les possédant, tu possèdes un grand trésor, mon garçon !

— Que le vizir Hemiounou soit assuré du respect que j'éprouve à son égard, répliqua l'enfant-lion. La sagesse, la justice et la vérité de Maât jaillissent de votre bouche et il serait impertinent de contredire votre parole. Mais vous connaissez mon histoire, vizir. Je suis un ancien esclave et je peux vous affirmer qu'il est humiliant de ressentir qu'on appartient à quelqu'un. Quelque part, mon adorée sœur Tati subit encore les tourments de l'esclavage. Les ânes et les bœufs peuvent être possédés. Les hommes, par contre, ne devraient appartenir qu'à eux-mêmes. Je ne possède pas Raya et Mérit. J'apprécie grandement leur travail et elles sont mes amies.

— Tu parles comme un sage, enfant-lion, reprit Hemiounou en souriant. Quant à moi, j'ai parlé sans réfléchir. Je veillerai personnellement à ce que ta sœur soit retrouvée. Tous les ateliers de tissage d'Égypte seront visités. Tati sera soignée comme fut soigné ton ami Montu. L'Empire doit veiller au bonheur de son sauveur. Tu es précieux pour nous, Leonis. Nous désespérions de mettre un jour la main sur le talisman des pharaons. Ce soir, je suis venu te rencontrer pour t'entretenir de la poursuite de ta mission. Tu auras à affronter bien des périls, mais nous savons que tu possèdes la force et l'intelligence qui te permettront de les surmonter. Notre plus grande inquiétude concerne les ennemis de la lumière…

— Vous voulez parler des adorateurs d'Apophis? demanda Leonis.

— En effet. Nous savons que Baka peut compter sur un grand nombre d'adeptes. Son armée ne cesse de s'accroître. Les adorateurs d'Apophis sont partout. Il y a parmi eux des prêtres, des scribes, des maçons, des artisans… En fait, chaque Égyptien que nous croisons dans la rue est susceptible d'appartenir aux troupes de Baka. Il n'y a aucun moyen de les identifier. La plupart de ces sinistres individus ne sont pas vraiment dangereux. Leurs tâches consistent surtout à commettre des larcins pour augmenter la fortune de leur maître. Ils multiplient également les actes de sabotage dans le but de ralentir les projets du royaume. Ces gens-là ne représentent cependant pas une grande menace pour toi, Leonis. Ceux que nous devons craindre appartiennent à la division d'élite de l'odieux Baka. Nous en savons bien peu à leur sujet. L'un de nos fidèles soldats était parvenu à entrer en relation avec l'un de ces hommes. Il ne l'a toutefois rencontré qu'à quatre reprises. Après chacun de ces rendez-vous, notre brave homme venait nous dévoiler ce qu'il avait appris de nouveau sur les adorateurs d'Apophis. La quatrième rencontre lui a été fatale. Seule sa tête est revenue au palais. Elle reposait dans un panier tressé rempli de scorpions… Tout ce que nous avons réussi à savoir à propos des mercenaires qui composent la division d'élite de Baka, c'est qu'ils subissent un entraînement rigoureux pour devenir de redoutables assassins. Ils se font appeler « les Hyènes » et ils portent tous une marque au fer rouge sur le torse. C'est le signe des adorateurs d'Apophis : un serpent qui étouffe le soleil dans ses anneaux.

— Ce n'est pas très rassurant, soupira Montu d'une voix blanche.

— Vos révélations ne m'étonnent pas, vizir Hemiounou, dit Leonis. Je ne m'attends guère à affronter des garçonnets. Le grand prêtre Ankhhaef m'a déjà mis en garde contre ces scélérats. Je sais aussi que les adorateurs d'Apophis peuvent compter sur un espion. À cause de lui, Baka est sans doute déjà au courant de mon retour au palais. Tant que ce traître ne sera pas démasqué, ces canailles pourront connaître nos moindres faits et gestes. C'est de cet informateur que provient d'abord le danger. Tant qu'il existera, je ne serai jamais en sécurité.

— Nous sommes conscients de ce problème, mon garçon. Malheureusement, nous avons affaire à un individu très astucieux. Est-ce un domestique ? Est-ce un soldat ? Est-ce un fonctionnaire, un prêtre ou un scribe ? Il s'agit peut-être d'une traîtresse ? Nous n'en savons rien, Leonis. Nous ne pouvons même pas affirmer qu'il n'y a qu'un seul espion. Ce mystérieux personnage nous tient en échec depuis bien des années. Par le passé, en dépit de toutes les précautions que nous avons prises, d'importants secrets ont franchi l'enceinte de ce palais. Quelquefois, nous pourrions jurer que les murs et les arbres écoutent ce que l'on dit… Un jour, je discutais avec Pharaon dans une petite chambre qui jouxte la salle du trône. Nous étions seuls et nous parlions à voix basse. La conversation concernait un léger chargement d'or que nous devions faire parvenir à l'administrateur d'un nome de la Basse-Égypte. J'ai moi-même déposé l'or dans un coffre. Mykérinos et moi étions les seuls à savoir ce qu'il contenait. Le coffre fut scellé et trois soldats furent désignés pour le transporter. Le lendemain, ils se mirent en route avant l'aube. Cet après-midi-là, à une heure de marche de Memphis, un paysan découvrit les cadavres des trois malheureux. L'or, bien sûr, avait disparu.

— Ils ont sans doute été attaqués par des brigands qui n'avaient rien à voir avec les adorateurs d'Apophis, supposa Montu.

— Les adorateurs d'Apophis signent toujours leurs actes, Montu. En agissant de cette manière, ils provoquent notre crainte en nous laissant savoir qu'ils sont toujours là. Ainsi, lorsqu'ils ont assassiné nos trois soldats, ces crapules ont gravé leur symbole dans la chair de leur dos. Donc, il s'agissait bien des hommes de Baka. Comme je vous l'ai dit, personne ne pouvait savoir ce que contenait le coffre. Les soldats chargés de le transporter ont été désignés à la dernière minute. Il est exclu que l'un d'eux ait disposé du temps nécessaire pour avertir nos ennemis. Lors de cet événement, nous avons été forcés de constater que, s'il existait bel et bien un traître entre les murs de ce palais, il ne pouvait s'agir que de Pharaon ou de moi.

— Ce n'est pas sérieux! s'exclama Leonis.

— Je sais, soupira Hemiounou. Je bénéficie de l'entière confiance de notre roi. Pour ce qui est de ce dernier, il ne ferait certes rien pour nuire au destin de l'Empire. Je vous rappelle que c'est Mykérinos lui-même qui a chassé Baka du trône il y a quinze ans. Nous avons donc conclu que quelqu'un nous avait épiés tandis que nous parlions du chargement d'or. La pièce ne comportait aucune fenêtre et la porte était close. Pourtant, le mystérieux informateur de Baka a entendu chacune de nos paroles. Il a rapidement renseigné ses acolytes, et nos soldats sont tombés dans une embuscade.

La conversation s'interrompit soudain. La harpe de Mérit faisait entendre ses premières notes. Les convives se retournèrent pour contempler la musicienne. Elle avait revêtu une luxueuse robe recouverte d'une résille de perles multicolores. Un large collier ornait sa poitrine. Ses mains délicates survolaient l'instrument avec la grâce aérienne du papillon. Une perruque au tressage compliqué encadrait son doux visage. Fasciné, comme les autres occupants de la terrasse, par la grande beauté de Mérit, le vizir s'exclama :

— Heureusement, il existe de douces distractions pour chasser les tourments ! Cette jeune fille nous met du baume au cœur ! Sa musique fait la joie de nos oreilles et ses attraits caressent nos yeux !

— En effet, ajouta Ankhhaef. Mérit possède de rares qualités qui n'ont d'égales que celles de Raya. Les divinités ont comblé ces jumelles de mille charmes. Tu es choyé, Leonis, car deux des plus belles fleurs d'Égypte égayent ta maison !

Ils se laissèrent bercer quelques instants par le son cristallin de l'instrument. Le vizir Hemiounou trempa les lèvres dans son vin avant de reprendre, sur un ton empreint de gravité :

— Ta vie est véritablement en danger, enfant-lion. Tu es brave, mais tu ne dois guère prendre à la légère la menace que représentent nos ennemis. Il te faudra une solide escorte de soldats pour assurer ta protection en dehors des murs qui entourent ce palais.

— Je crains que ce ne soit pas une bien bonne idée, vizir, répliqua Leonis. Mes sorties devront être discrètes. Une escorte de soldats démontrerait mon importance. Ainsi, je deviendrais trop facilement repérable. Les adorateurs d'Apophis veulent m'assassiner et rien ne les arrêtera. Vos gaillards pourraient sans doute me protéger des javelots et des poignards, mais, en dépit de leur vigilance, un habile archer n'aurait aucun mal à m'atteindre. De plus, puisque nous ne pouvons faire confiance à personne, comment pourrions-nous être certains de la loyauté de ces soldats ?

— Tu ne pourras tout de même pas sortir seul ! protesta Ankhhaef. La vie de tout un peuple dépend de la tienne, Leonis !

— J'en suis conscient et je veux bien être accompagné, grand prêtre. Toutefois, j'estime qu'un seul soldat ferait très bien l'affaire. Je suis convaincu que le salut de l'Empire dépendra du secret qui entourera mes actions.

— Tu as peut-être raison, Leonis, admit le vizir. Il vaut mieux que tu n'attires pas trop les regards… Pour te prêter assistance, nous choisirons donc un brillant combattant de la garde royale.

— Je connais un soldat, dit Leonis. Il est affecté à la surveillance de nuit du portail ouest de Memphis. Son nom est Menna. Le soir de mon retour, cet homme m'a escorté jusqu'au poste de garde du palais.

— Tu crois que nous pouvons lui faire confiance ? fit Ankhhaef, visiblement peu convaincu.

— J'en ai la certitude, grand prêtre. Cette nuit-là, avant de me montrer aux sentinelles du portail, je me suis tapi dans l'ombre. Une étoile filante a traversé le ciel et, Menna, d'une voix suffisamment forte pour que j'entende distinctement ses paroles, a formulé le vœu d'être promu à la garde royale. Il désire ardemment prouver ses qualités à Pharaon. Un adorateur d'Apophis n'aurait jamais souhaité une telle chose.

— Cette nuit-là, j'étais dehors et j'ai moi-même aperçu cette étoile filante ! lança Montu. C'est sans doute un excellent présage !

— Que veux-tu dire, mon ami ?

— Cette étoile, nous sommes trois à l'avoir vue ! Les dieux n'ont pas attiré nos yeux vers elle pour rien ! Il ne peut s'agir que d'un signe, Leonis ! Si Menna se joint à nous, nous formerons une équipe grandiose !

— Tu voudrais m'accompagner ? Ne comprends-tu pas que tu risquerais ta vie en prenant part à cette aventure ?

— Tu ne comptes tout de même pas partir sans moi, Leonis ! Si tu tentes de m'empêcher de te suivre, tu me montreras alors que je ne mérite guère ta confiance. Sache qu'aucune flèche ne pourrait me blesser autant que ton refus.

— Tu marcheras donc à mes côtés, mon brave Montu ! Tu sais fort bien que je ne douterai jamais de toi !

Ankhhaef dodelinait de la tête avec incrédulité. D'une voix chargée d'inquiétude, il déclara :

— Ne sois pas imprévoyant, Leonis ! En revenant avec le talisman des pharaons, tu nous as apporté la preuve de ta force. J'ai toutefois l'impression que cette réussite t'aura rendu quelque peu présomptueux. Je t'admire, mon garçon, mais je n'approuve pas la frivolité avec laquelle tu envisages ta mission. Loin de moi l'intention de t'injurier, enfant-lion, mais j'estime que le sort de l'Empire ne peut reposer sur les épaules de deux anciens esclaves et d'un gardien de portail!

— Vos paroles m'attristent, grand prêtre, répliqua Leonis. Je peux vous assurer que je ne surestime pas ma force. Mon cœur est le même qu'avant ma quête du talisman. Cette quête a fait appel à mon humilité, à ma loyauté, à ma foi, à ma sagesse et à mon courage, mais c'est surtout mon jugement qui m'a permis de surmonter ces épreuves. J'envisage la poursuite de ma mission avec la même réflexion. Vous considérez que j'aurai besoin d'une armée pour sauver l'Empire; et moi, je crois qu'un trop grand nombre d'hommes serait nuisible. La vaillante troupe pique la curiosité de la foule. Le modeste, lui, parvient à se mêler au peuple sans attirer les regards. Vous avez pourtant une preuve de ce que j'avance, grand prêtre: malgré le fait que les hordes de Baka ne cessent de grandir, nos plus sérieuses préoccupations proviennent d'un seul homme. Cet espion nous écoute peut-être, en ce moment. Sa discrétion est sa meilleure arme. Elle le rend plus efficace qu'une brigade de vingt combattants.

— Ce que dit Leonis est juste, intervint le vizir. Il est le sauveur annoncé par l'oracle. Nous devons nous fier à son jugement.

L'enfant-lion mènera donc sa quête des joyaux comme il l'entendra. J'enverrai chercher le soldat Menna au portail ouest. S'il se révèle à la hauteur et qu'il éprouve véritablement le désir de démontrer sa vaillance, il ne pourra trouver meilleure occasion.

Leonis remercia le vizir Hemiounou, et le grand prêtre Ankhhaef tenta de masquer ses appréhensions en affichant un sourire de fête. Durant une autre heure, la douce musique de Mérit continua de les émouvoir. Les paroles se firent rares. En bas, dans les ténèbres denses des jardins, l'Ombre abandonna sa cachette pour regagner subrepticement ses quartiers. Le maître Baka serait satisfait. La soirée avait été fort instructive.

9
LE TEMPLE DES TÉNÈBRES

Hapsout marchait en titubant sous le soleil accablant du désert. Avant de prendre la route, Hay et Amennakhté lui avaient lié les poignets et bandé les yeux. L'ancien contremaître commençait à regretter d'avoir confié à ces brutes qu'il connaissait Leonis. À la suite de cette révélation, on l'avait ligoté et enfermé dans un réduit lugubre de la taverne de Djehouty. Le captif avait passé la nuit dans cet endroit exigu qui sentait l'ail et la vieille bière. Les rats et les cafards l'avaient empêché de fermer l'œil. Au matin, les deux gaillards étaient revenus pour le libérer. Hay avait dépossédé Hapsout de son bâton, comptant visiblement se l'approprier. À première vue, il s'agissait d'une canne, mais son revêtement de bronze en faisait une arme lourde et redoutable. L'objet était finement ouvré et il représentait un cobra. Hapsout avait tenté de connaître les intentions de ses gardiens. Ces derniers lui avaient ordonné de se taire et de les suivre. Ils avaient quitté Memphis et grimpé les falaises surplombant la cité. Une fois dans le désert, Amennakhté avait annoncé :

— Si tu veux rencontrer notre maître, nous allons devoir te couvrir les yeux. Nous devons aussi te lier les poignets. Ainsi, tu ne pourras pas retirer ton bandeau. L'endroit où nous nous rendons doit demeurer secret. Tu as intérêt à nous avoir dit la vérité, tête de melon. Sinon cette balade dans le désert te conduira tout droit au tombeau.

Hapsout n'avait pas protesté. Il avait pensé à tort que le trajet serait court. Maintenant, après des heures de marche laborieuse dans le sable des dunes, il avait du mal à mettre un pied devant l'autre. Il était fatigué, il avait soif et son crâne nu, mis au supplice par les rayons du soleil, le faisait atrocement souffrir. De temps à autre, Hay lui donnait de petits coups de bâton dans les reins pour l'exhorter à presser le pas. Ces gredins le traitaient comme un esclave. C'était humiliant, inconcevable, et le jeune homme avait bien hâte de rencontrer Baka pour se plaindre des tortures que ces deux malappris lui faisaient subir. Hapsout songeait que le maître des adorateurs d'Apophis l'accueillerait à bras ouverts. Puisqu'il connaissait bien Leonis, il deviendrait sans nul doute un allié important pour les ennemis de l'enfant-lion. Baka reconnaîtrait sa valeur. Hapsout avait espoir de faire payer le prix de leurs nombreuses offenses aux méprisables personnages qui l'escortaient.

Le jeune homme trébucha et resta allongé dans le sable. Aussitôt, Hay lui donna un coup de bâton dans les côtes et lui ordonna :

— Relève-toi, lâche ! Nous n'avons guère de temps à perdre ! Tu te figures peut-être que nous allons te porter ?

— Je... je meurs de soif, chuchota Hapsout. Donnez-moi au moins à boire...

— Nous allons nous reposer un moment, fit la voix d'Amennakhté. Le temple est encore loin et, si ce minus peut vraiment nous conduire à l'enfant-lion, nous devons le ménager. Il ne possède pas notre vigueur, Hay. À ce rythme, ce moustique va finir par flancher.

— Il ne faudrait pas rater l'assemblée de ce soir ! Le maître s'est toujours montré intransigeant avec les retardataires ! Je n'ai pas envie de servir de repas au grand serpent !

— Nous avons encore beaucoup de temps devant nous, camarade. Donne à boire à

Hapsout. Nous le laisserons souffler un peu avant de repartir.

Le goulot d'une outre toucha les lèvres sèches du captif. Malgré sa tiédeur et son goût de moisissure, Hapsout trouva délectable l'eau qu'elle contenait. Le liquide coula comme une caresse dans sa gorge endolorie. Hay et Amennakhté lui accordèrent quelques minutes de répit avant de se remettre en marche dans le brasier du désert.

Lorsqu'ils arrivèrent enfin à destination, le soleil déclinait rapidement vers la bande en dents de scie de l'horizon. Le jeune homme avait parcouru le reste du trajet sans défaillir. La chaleur s'était graduellement atténuée et ses accompagnateurs s'étaient montrés un peu plus conciliants. Pour s'encourager, l'ancien contremaître songeait à Leonis. Ce pitoyable esclave avait gâché son existence. À cause de lui, il avait connu le déshonneur et la dérision. Le grand architecte Hori, son oncle, l'avait cavalièrement congédié du chantier qu'il dirigeait pourtant de main de maître. Bien sûr, Hori n'avait aucune idée de la façon dont il fallait s'y prendre pour mener des ouvriers. Hapsout, lui, avait l'expérience du chantier. Il savait que ces fainéants de travailleurs ne se forçaient jamais devant un chef trop complaisant. Il fallait battre l'ouvrier. L'esclave, pour sa part, n'était même pas digne de participer aux projets de l'Empire. Pourtant, c'était à un esclave qu'il devait son congédiement. Un ignoble ver de terre avait provoqué son fulgurant déclin. Impuissant, le contremaître déchu avait broyé du noir pendant de longues journées. Il était animé par un douloureux désir de vengeance. Il n'y a rien de pire que la fièvre vengeresse lorsque le sujet qui la motive se révèle hors d'atteinte. Hapsout avait rêvé de torturer Leonis pour ce qu'il lui avait fait. Toutefois, jusqu'à ce qu'il rencontre les adorateurs d'Apophis, il ne pouvait croire que l'existence lui apporterait une chance de réaliser son rêve. Maintenant qu'il y avait un espoir, le jeune homme ne manquerait certes pas d'en profiter.

Malgré le bout de tissu imbibé de sueur qui voilait son regard, Hapsout se rendit compte que la lumière avait disparu. Sous ses pieds nus, le sol était désormais dur et frais. Les bruits que faisait le petit groupe résonnaient différemment. Le captif comprit qu'on l'avait conduit dans une grotte. Hay lui retira son bandeau et lui libéra les poignets.

— Nous sommes arrivés ! annonça-t-il. Dans peu de temps, tête de melon, tu vas rencontrer le maître Baka. Si ce que tu as prétendu est vrai, tu pourras revoir la lumière du soleil. Dans le cas contraire…

— J'ai dit la vérité, coupa Hapsout. Puis-je ravoir mon bâton?

— Nous verrons, répondit Hay en caressant l'objet. Je l'aime bien, moi, ce bâton… Et puis, tu pourrais te blesser avec un truc aussi dangereux.

Hapsout lui lança un regard rempli de haine. Il serra les poings, mais se retint de répliquer. Il était près du but et il ne voulait rien gâcher. Le jeune homme regarda autour de lui pour examiner la grotte. Il s'agissait d'un boyau étroit qui allait se perdre dans les ténèbres.

— Allons-y, dit Amennakhté. L'assemblée débutera bientôt et nous devons revêtir nos tuniques de cérémonie avant d'entrer dans le temple.

Les trois hommes s'enfoncèrent dans le boyau. Le sol s'inclinait vers les profondeurs de la terre. La pente était abrupte et Hapsout devait parfois s'agripper aux parois pour ne pas trébucher. Leur progression se déroulait dans l'obscurité la plus complète, mais les adorateurs d'Apophis savaient manifestement où ils allaient. Ils franchirent ensuite un réseau compliqué de couloirs avant de déboucher dans une petite salle souterraine éclairée par une torche. Un colosse se dressait devant l'entrée d'un passage. Il était vêtu d'une tunique noire. D'une voix forte, il clama:

— Les chauves-souris craignent le soleil !

— Qu'elles ne le craignent plus, rétorqua Amennakhté, car le grand serpent Apophis éteindra bientôt ses feux !

Il devait s'agir d'un mot de passe. D'un geste de la main, le colosse signala aux nouveaux venus qu'ils pouvaient emprunter le passage.

Le couloir n'était pas très long. Après l'avoir franchi, ils arrivèrent sur une corniche. Hapsout ne put retenir un cri de stupéfaction. La corniche surplombait une salle immense dans laquelle on avait construit un village ! Une cinquantaine de petites maisons cubiques encerclaient une place vivement éclairée par une multitude de flambeaux. On aurait dit la place d'un marché, tellement les gens qui s'y trouvaient étaient nombreux. Au fond de la salle, derrière un vaste bassin dans l'eau duquel se miraient d'imposantes statues, s'élevait un majestueux temple dont la façade jaillissait de la paroi rocheuse.

— C'est… c'est in… incroyable ! bredouilla Hapsout. Où… où sommes-nous ?

— Tu as devant les yeux le temple des Ténèbres, déclara Amennakhté. C'est le lieu de culte des adorateurs d'Apophis. Seuls les initiés connaissent son existence. Baka est notre unique roi. L'obscurité est son royaume. Nous vénérons Apophis parce qu'il est l'ennemi du dieu-soleil. Nous sommes ses serviteurs et nous ne craignons pas la mort, car, quand l'Égypte connaîtra sa fin, nous vivrons éternellement dans le pays de Seth.

Hapsout ne comprenait rien à ce que lui racontait son interlocuteur. Avant de faire la connaissance de Hay et d'Amennakhté, l'ancien contremaître n'avait jamais entendu parler des adorateurs d'Apophis. Le nom de Baka ne lui était peut-être pas tout à fait inconnu. Toutefois, ce nom se diluait dans l'eau trouble de ses plus lointains souvenirs. Le jeune homme était subjugué par ce qu'on venait de lui faire découvrir. Comment était-il possible que personne ne parlât de cet endroit ? Il pouvait constater que les sujets de Baka ne formaient pas une négligeable bande d'illuminés. Au contraire, ils se révélaient innombrables et visiblement très bien organisés. Cette formidable puissance occulte représentait une menace certaine pour l'Empire. Malgré son importance, elle parvenait à demeurer discrète. Le peuple ne savait rien d'elle. Hapsout se rendit compte qu'un grave et insoupçonnable péril guettait l'Égypte. Cette constatation le combla d'un savoureux sentiment.

Ils descendirent vers la foule en empruntant un long escalier façonné dans la pierre.

Hay et Amennakhté entraînèrent Hapsout vers un bâtiment qu'il n'avait pu apercevoir de là-haut. La construction était nettement plus spacieuse que les maisons qui composaient le village souterrain. Après avoir franchi la porte, ils furent accueillis par un petit homme au visage austère. Hay s'adressa à lui :

— Un profane nous accompagne.

Le petit homme demeura muet. Il pénétra dans un réduit pour en ressortir avec une pile de vêtements. Hay en prit possession et il donna une tunique rouge à Hapsout en lui expliquant :

— Tu dois porter la tunique du profane. Sa couleur est bien visible afin que les adeptes puissent facilement t'identifier. Ce vêtement indique que tu n'es pas l'un des nôtres. Jusqu'à preuve du contraire, tu demeures notre ennemi. Si tu essayais de t'enfuir, les adeptes te poursuivraient et te mettraient à mort. En ce lieu, de nombreux étrangers ont déjà été lapidés par la foule. Les adorateurs d'Apophis raffolent de ce genre d'activité. Tu viens de poser le pied dans une fosse remplie de scorpions.

— Cet endroit me plaît bien, assura le jeune homme en souriant de toutes ses dents.

Ils se dévêtirent. Hapsout remarqua que Hay et Amennakhté arboraient un symbole identique sur la poitrine. Il s'agissait en fait d'une cicatrice aux contours nets et violacés : une marque au fer rouge. Le dessin représentait un serpent enroulé autour du disque solaire. Le jeune homme songea qu'il avait dû être atroce de subir une semblable stigmatisation. Amennakhté remarqua l'expression horrifiée du non-initié. Avec fierté, il déclara :

— Ce signe est celui des Hyènes. Il signifie que nous appartenons à la brigade d'élite des adorateurs d'Apophis. Pour en être digne, il faut faire partie des meilleurs et des plus braves combattants. Lorsque le fer est bien rouge et qu'il entre en contact avec la chair de celui qui veut devenir une Hyène, ce dernier doit subir l'épreuve sans émettre une plainte. S'il crie, il est livré en pâture au grand serpent. Tu n'es certainement pas de notre trempe, tête de melon. Cet après-midi, dans le désert, tu gémissais comme une fillette simplement parce que ta gorge était sèche !

Le visage de Hapsout devint presque aussi rouge que la tunique qu'il venait d'enfiler. La remarque avait provoqué le rire sonore de Hay. L'ancien contremaître n'osa pas répliquer.

En sortant, ils entendirent un chant puissant et plaintif. La mélopée semblait provenir de plusieurs endroits à la fois. Chacune de ses syllabes se répercutait longuement dans l'enceinte de la salle souterraine.

— C'est l'appel, dit Hay. Nous allons sous peu pénétrer dans le temple.

En silence, les adeptes commencèrent à s'agglutiner autour du grand bassin. Le chant cessa et les trois imposantes portes du lieu sacré s'ouvrirent. Hay, Amennakhté et Hapsout se joignirent à la masse. Des regards hostiles se posèrent sur le profane. La tunique écarlate qu'il avait revêtue lui brûlait la peau.

10
LE GRAND SERPENT

La façade du temple des Ténèbres était magnifique. Toutefois, cet aspect n'avait rien d'étonnant pour un tel lieu. En franchissant son portique, on pouvait donc s'attendre à découvrir une architecture comparable à celle de toutes les constructions du genre. Ce n'était cependant pas le cas. En pénétrant dans le sanctuaire, on constatait qu'il s'agissait en fait d'un gigantesque globe. L'hémisphère inférieur avait été aménagé pour accueillir un vaste auditoire. Des rangées de gradins, des balcons et des escaliers faisaient corps avec la pierre noire de la paroi incurvée. Ces tribunes encerclaient une surface de sable au centre de laquelle on avait attaché un bœuf bien gras. L'autre moitié de la sphère, celle du haut, s'élevait en un dôme aussi lisse que l'intérieur d'un œuf. Aucun pilier ne soutenait l'ensemble. Des étendards noirs et ornés du symbole des adorateurs d'Apophis étaient suspendus à la voûte. Hapsout était stupéfait. Un tel ouvrage défiait l'entendement. Jamais l'Empire n'avait encore érigé un monument pouvant se comparer à celui-là!

Pour s'asseoir, Hay et Amennakhté choisirent une place située à proximité de l'arène. Hapsout dut s'installer entre ses deux accompagnateurs. En désignant un vaste balcon supportant quatre statues colossales, Amennakhté glissa à l'oreille du jeune homme:

— C'est de ce balcon que le maître Baka s'adressera aux adeptes.

— Pour quelle raison appelez-vous ce lieu le temple des Ténèbres? demanda le profane. Cet endroit est admirable, mais il ne ressemble en rien à un temple. Il n'y a même pas d'autel pour livrer les offrandes aux dieux.

— Notre rituel n'a rien à voir avec les successions d'inepties auxquelles tu as coutume d'assister, répondit Hay. L'autel des offrandes est juste sous tes yeux. Le bœuf qui s'y trouve sera sacrifié à la fin de la cérémonie. Lorsque ce moment arrivera, tu comprendras pourquoi nous avons besoin d'une aussi grande surface pour nous servir d'autel.

Peu à peu, la plupart des flambeaux qui éclairaient l'immense sphère s'éteignirent. Une porte s'ouvrit dans la muraille qui cernait l'aire sablonneuse. Un chant doux et majestueux se fit entendre et une vingtaine de jeunes femmes vêtues de robes sombres foulèrent le sol de l'arène. Elles tenaient des récipients remplis de braises rougeoyantes. D'un pas gracieux et rythmé, elles firent trois fois le tour de la piste. Les braises diffusaient une fumée généreuse et odorante. Les femmes déposèrent les récipients sur des socles prévus à cet effet. Ensuite, sans même lever les yeux vers la foule, elles repartirent comme elles étaient venues. Le battant se referma et leur chant fit place à un lourd silence.

Pendant un long moment, il ne se passa rien d'autre. Hapsout voulut demander quelque chose à Amennakhté. Ce dernier lui fit signe de se taire et d'attendre la suite. La fumée produite par les braises embruma doucement l'intérieur du temple de ses volutes laiteuses. Un parfum entêtant imprégnait l'atmosphère. Bientôt, le profane sentit qu'un agréable engourdissement l'envahissait. Ses paupières devinrent lourdes et ses inquiétudes se dissipèrent. Lorsque Baka fit son apparition, une tranquillité de sépulture régnait dans la salle obscure.

Le maître des adorateurs d'Apophis s'avança jusqu'au bord du balcon. Le personnage était bien visible dans la lueur des flambeaux qui l'entouraient. Immobile et impérial, il jeta un long regard circulaire sur ses sujets. Baka portait une tunique ample, longue et sombre. Il était coiffé d'un némès[3] noir sillonné de rayures rouges. D'un geste théâtral, il leva les mains au-dessus de sa tête. Une formidable clameur s'éleva aussitôt des tribunes. L'ovation des adorateurs fit vibrer le temple. Hapsout, entraîné par la ferveur ambiante, conjugua ses hurlements à ceux des initiés. Le maître baissa brusquement les bras, et le silence retomba avec promptitude. Dans la pénombre et la fumée qui baignaient l'arène, le bœuf poussa deux meuglements angoissés. Du haut de son perchoir, Baka prit la parole :

— Fils des ténèbres ! vous connaissez la rage qui brûle en moi depuis le retour de l'enfant-lion ! Au mépris de filets que j'avais espérés infranchissables, il a pu regagner sans contrainte la grande demeure de Mykérinos ! Déjà, vous aviez provoqué mon courroux en permettant aux prêtres de l'Empire de trouver ce garçon avant que nous le fassions ! Devrais-je commencer à croire que mes hordes sont lamentables ? Combien de contrariétés subirai-je encore à cause de vous ? Pour votre défense,

3 NÉMÈS: NOM DE LA COIFFURE À RAYURES QUE PORTAIT LE PHARAON EN DEHORS DES CÉRÉMONIES.

vous prétextez que vous ne connaissez pas le visage de l'enfant-lion ! Au lieu d'admettre vos torts, vous préférez blâmer l'espion qui habite l'enceinte du palais royal ! Sachez que l'Ombre a toujours su se montrer efficace ! Je sacrifierais volontiers le plus vaillant d'entre vous en échange d'un adepte possédant la moitié de ses habiletés ! Vous osez mettre ses compétences en doute parce qu'il est incapable de nous fournir un portrait ressemblant de Leonis ! Notre espion n'est pas un artiste ! Son travail consiste à nous révéler les secrets de l'Empire ! Certains imbéciles m'ont suggéré d'ordonner à l'Ombre d'assassiner l'enfant-lion ! Il est hors de question que je lui demande de faire une chose pareille ! L'espion est trop précieux pour notre cause ! S'il était découvert, nous n'aurions plus le moindre lien avec la cour du pharaon !

Baka haussa encore le ton pour clamer :

— Au cours de la dernière assemblée, ma colère était grande ! Je n'arrivais pas à contenir ma furie et, durant un moment, l'idée de sacrifier chacune de vos carcasses putrides au grand serpent m'a effleuré l'esprit ! À partir du jour où l'Ombre nous a annoncé que l'enfant-lion avait quitté Memphis afin d'amorcer sa quête du talisman des pharaons, nous disposions de plusieurs semaines pour établir une surveillance infaillible! Malgré tout, lorsque Leonis est revenu, personne n'a rien remarqué! Un jeune garçon sans escorte a franchi l'un des portails de la cité, il a marché dans les rues conduisant à la demeure royale et il est rentré chez lui sans avoir été menacé un seul instant! L'inefficacité de nos patrouilles est inadmissible! Les hommes qui, cette nuit-là, devaient faire le guet non loin des entrées de la ville, ont tous affirmé qu'ils étaient à leurs postes! Ceux qui surveillaient les alentours du palais ont prétendu la même chose! Il y a certainement quelques menteurs parmi eux! Je n'ai aucune idée du chemin emprunté par l'enfant-lion lors de son arrivée dans la capitale! Si je le connaissais, ceux d'entre vous qui ont manqué à leur devoir payeraient cher leur négligence! Sachez qu'à l'avenir, je n'accepterai plus l'échec! Auparavant, ceux qui commandaient mes brigades bénéficiaient de mon entière confiance! Je ne cherchais guère à influencer leurs manœuvres! J'avais la conviction que mes chefs possédaient les qualités requises pour mettre au point des plans irréprochables! J'ai commis une grave erreur en laissant les coudées franches à des crétins! Désormais, chaque fois que nous aurons une chance d'éliminer Leonis, vous devrez agir selon mes directives! Mes ordres seront toujours justifiés! Mes plans s'avéreront en tout temps incontestables! Mes décisions seront sans tache! Celui qui n'accomplira pas sa mission n'aura que lui-même à blâmer! Je ne tolérerai ni les lamentations ni le moindre faux-fuyant! Ceux qui échoueront seront livrés sans délai au terrible Apophis!

Le maître fit une pause. Une faible rumeur parcourut l'auditoire. La peur se dessinait sur les visages. Hapsout ne saisissait pas toute la portée des paroles du chef des adorateurs d'Apophis. Cependant, il se rendait bien compte que ses menaces terrorisaient les adeptes. Hay et Amennakhté, eux qui, pourtant, avaient déjà subi la morsure d'un fer incandescent sans émettre un cri, semblaient pétrifiés. Le profane n'avait jamais entendu parler de sacrifices humains, mais, en observant la foule autour de lui, il ne pouvait guère douter de la cruauté de Baka. Il songea qu'il devait être effroyable d'être livré en offrande au dieu Apophis. Seulement, le châtiment évoqué par le maître semblait outrepasser la simple horreur de la mort sur l'autel. Dans le regard des initiés, on pouvait lire la crainte d'une souffrance sans commune mesure. Hapsout leva les yeux vers Baka. Du haut de son balcon voilé de fumée, le maître ressemblait à un vautour perché sur un nuage. Il considéra la foule un long moment avant de poursuivre:

— Ce soir, fils des ténèbres, ma colère n'est pas apaisée ! Elle est moins virulente, toutefois ! J'ose encore espérer que chacun de vous saura faire preuve d'un dévouement absolu ! Quand l'Égypte s'abîmera dans la fureur du grand cataclysme, nous naviguerons tous dans la grande barque de Seth ! Nous vivrons dans un royaume où nos moindres désirs seront assouvis ! Nous profiterons de ces bienfaits grâce à l'indignation de notre ennemi Rê ! Le dieu-soleil a décidé de châtier ses fidèles et, pour une rare fois, nous sommes d'accord avec lui ! Il faut empêcher Leonis de livrer l'offrande suprême ! Le dernier message de l'Ombre nous renseigne sur la prochaine mission de l'enfant-lion ! Ce dernier devra se rendre à un temple d'Héliopolis ! Il sera certainement escorté et il serait étonnant que nous puissions voir son visage ! Nous ne pourrons pas nous mesurer aux soldats de Mykérinos ! Nos combattants sont plus habiles, mais les siens sont trop nombreux ! Malgré tout, je trouverai la faille qui nous permettra de parvenir jusqu'au pitoyable sauveur de l'Empire ! Je dispose de quelques jours pour élaborer un plan ! Si les hommes que je désignerai pour l'exécuter se montrent à la hauteur de mes attentes, la vie de Leonis s'achèvera bientôt !

Baka leva les mains, et la foule l'ovationna. Le maître se laissa longuement caresser par le souffle des acclamations. Quelques flambeaux s'allumèrent autour de l'arène, et les jeunes femmes revinrent pour ranimer les braises des récipients. Le maître baissa les bras, et les cris cessèrent. Un personnage aux allures de prêtre s'avança vers le bœuf. Il tenait un poignard à lame recourbée. La pauvre bête lança quelques mugissements suraigus. Elle secoua la tête avec désespoir pour tenter de se libérer de la corde qui la retenait prisonnière. D'instinct, elle savait que sa vie était menacée. L'homme appliqua la lame sur la gorge du bœuf. D'un mouvement prompt, il pratiqua une entaille profonde dans sa chair robuste. Un flot de sang jaillit de la blessure. L'animal émit une longue plainte et ses sabots martelèrent le sol avec frénésie. Le prêtre effectua une série de gestes cérémoniels avant de quitter l'enceinte. La victime se calma un peu. Sa respiration était cependant saccadée. Le sang ruisselait de son cou lacéré pour former un rond sombre sur le sable blond. Sous le balcon où se dressait le maître des adorateurs d'Apophis, la paroi coulissa pour révéler un large orifice circulaire. D'une voix puissante et solennelle, Baka annonça :

— L'heure est venue de voir si le grand serpent acceptera de recevoir l'offrande de ceux qui le vénèrent ! S'il consent à emporter ce bœuf, il nous montrera que nous sommes toujours dignes de le servir ! Que cette grâce nous soit accordée ! Ô Apophis, ennemi de Rê ! Nous t'invoquons ! Réponds à l'appel de tes adorateurs !

Dans les gradins, les gens en liesse se mirent debout pour scander : « Apophis ! Apophis ! Apophis !... » Leurs cris se confondaient en une seule voix retentissante et fébrile. Le nom du dieu résonnait avec la régularité des battements d'un cœur. Hapsout les imitait en fixant le trou que la paroi avait dévoilé en coulissant. Quelques instants plus tard, il sentit son sang se glacer. La tête d'un serpent gigantesque venait d'apparaître dans l'ouverture.

Bien sûr, le profane savait que les initiés appelaient Apophis. Toutefois, il ne s'était pas attendu à ce que le dieu se manifeste en chair et en os ! Hapsout avait songé que la foule hurlerait le nom du grand serpent jusqu'à la mort du bœuf. Il avait également pensé que des gens viendraient chercher le cadavre de la bête pour le traîner jusqu'à l'intérieur de l'orifice. Les offrandes n'étaient habituellement que symboliques. Au cours des cérémonies, les divinités ne se montraient jamais. Ce soir-là, c'était différent. Au milieu de l'euphorie qui faisait trembler le temple des Ténèbres, le dieu Apophis venait consommer le sacrifice que lui offraient ses serviteurs.

Cette fois, le silence s'imposa sans l'intervention de Baka. Le reptile s'avança légèrement dans l'enceinte. Il souleva et balança son énorme tête jaune. Un moment, il sembla examiner la foule. Ses yeux ambrés et fascinants avaient la grosseur d'un crâne humain. Sa langue fourchue entrait dans sa gueule et en ressortait en sifflant comme un fouet. Lentement, Apophis progressa vers le bœuf. Ce dernier regardait ailleurs. Il flageolait et grelottait, la chaleur de la vie s'écoulant à grosses gouttes de sa plaie béante. La reptation du serpent dans le sable produisait un bruit léger. Son corps, pourtant, avait deux fois la circonférence de celui du bovidé. Lorsque le monstrueux reptile atteignit le centre de l'arène, sa queue était toujours dans le couloir duquel il avait surgi.

Apophis dressa sa masse imposante au-dessus de la victime. Le bœuf tourna la tête pour apercevoir l'impitoyable prédateur. Il fit une ultime tentative pour rompre sa corde. Cet effort lui fit perdre ses dernières forces. La bête mourante eut une plainte faible et résignée. Le grand serpent ouvrit ses énormes mâchoires. Un liquide poisseux dégoulinait de ses crochets. Le dieu Apophis fondit sur sa proie.

11
LA CONVOCATION DE MENNA

Menna allait rentrer chez lui lorsqu'un messager se présenta au portail ouest. La relève venait d'arriver. Senedjem et son jeune collègue discutaient avec les deux gardes affectés à la surveillance de jour. L'envoyé s'approcha du groupe pour s'informer :

— Lequel d'entre vous est le soldat Menna ?

— Je suis Menna, répondit ce dernier.

— Vous devez vous rendre immédiatement au poste de garde du palais royal !

Senedjem suggéra :

— Le gamin que tu as conduit au palais veut sûrement te rendre la tunique que tu lui as prêtée.

Menna hocha doucement la tête avant de demander au messager :

— Suis-je vraiment obligé d'y aller tout de suite ? Je viens de terminer une nuit de veille et je suis un peu fatigué…

— La requête que je vous transmets est un ordre du vizir, soldat ! Vous êtes convoqué par le chef Neferothep, qui commande à la garde du palais royal de Memphis ! À votre place, j'obtempérerais sur-le-champ !

Menna jeta un coup d'œil inquiet à son vieux camarade Senedjem. Celui-ci haussa les épaules. D'un air embarrassé, il dit :

— Je ne sais pas ce qui t'attend, mon ami. Je me doutais bien que ce Leonis nous causerait des problèmes. Ce sacripant a bien pu raconter n'importe quoi au vizir. Lorsque tu l'as escorté, tu ne lui as pas fait de mal, j'espère ?

— Je n'ai rien fait de répréhensible, Senedjem. Ce garçon m'a même remercié de l'avoir accompagné.

Évidemment, Menna se souvenait des dernières paroles de Leonis concernant le souhait qu'il avait formulé d'être affecté à la garde royale. L'adolescent avait peut-être parlé de lui au commandant Neferothep ? Ce qui intriguait surtout le soldat, c'était l'intervention du vizir dans cette affaire. Il n'y avait aucune raison pour qu'un personnage de son importance s'impliquât personnellement dans une cause aussi insignifiante que la mutation d'une simple sentinelle. Le jeune homme avait la certitude qu'on le convoquait pour un motif très sérieux. Après la venue du messager, il quitta donc le portail ouest en éprouvant un vague sentiment d'appréhension.

Quand Menna se présenta devant l'enceinte du palais royal, un homme lui demanda d'attendre Neferothep à l'intérieur du poste de garde. Le commandant arriva quelques minutes plus tard. Il salua le jeune soldat d'un signe de tête et, sans dire un mot, l'observa durant un long moment. Menna faisait de son mieux pour cacher son malaise. Neferothep acheva son examen puis, plantant son regard dans le sien, il demanda :

— Tu es bien jeune. Depuis combien de temps es-tu engagé ?

— J'ai dix-huit ans, monsieur. Je me suis joint à l'armée de l'Empire il y a presque deux ans. Je surveille le portail ouest de Memphis depuis quelques mois seulement. Auparavant, j'étais patrouilleur à Abousir.

— As-tu déjà accompli un quelconque fait d'armes qui pourrait m'apporter l'assurance de ta bravoure et de ta compétence ?

— Non, monsieur. C'est une grande joie que de vivre sous le règne paisible de Pharaon. La guerre est une bien vilaine chose. Cependant, sans la guerre, le combattant a peu de chances de montrer son adresse. Je dois vous avouer à regret que, depuis mon engagement, je n'ai jamais été réellement confronté au danger.

— C'est dommage, répliqua Neferothep. J'ai un poste très important à combler. Le vizir m'a demandé de te convoquer afin que je puisse juger de tes aptitudes. Toutefois, je ne crois pas que tu possèdes les qualités nécessaires à cette affectation. Il me faut un excellent soldat.

— Je suis un excellent soldat, annonça calmement Menna.

— Comment pourrais-tu le savoir si tu n'as jamais combattu?

— Mon père est un chasseur émérite. Il m'a enseigné tout ce qu'il sait. À cinq ans, j'étais déjà un habile archer. De plus, la lance et le boomerang n'ont aucun secret pour moi.

— Un bon chasseur ne fait pas forcément un bon soldat. Les antilopes et les oies ne se défendent pas.

— Vous avez raison, monsieur: il ne faut guère de bravoure ni de force pour abattre un animal sans défense. Durant mon entraînement, je me suis cependant mesuré à de nombreux hommes. Or, aucun de mes compagnons de troupe ne s'est révélé plus habile, plus fort et plus endurci que moi.

— Tu sembles très sûr de toi, jeune homme. J'imagine que les instructeurs qui t'ont vu à l'œuvre pourraient confirmer tes paroles. Malheureusement, le temps presse. J'ai jusqu'à demain pour choisir un candidat... Tu comprendras que je ne peux guère faire confiance à un novice. Plusieurs soldats remarquables ont déjà été pressentis pour ce poste. Malgré tout, le vizir tenait fermement à ce que je te convoque. Je l'ai fait et, en sachant que je n'ai pas arrêté mon choix sur toi, Hemiounou respectera ma décision. Je suis heureux d'avoir fait ta connaissance, Menna. Je peux lire beaucoup de détermination et de hardiesse dans ton regard. Si tu le veux vraiment, tu obtiendras avant longtemps une place au sein de la garde royale.

— Je m'en voudrais de trop insister, monsieur. Seulement, si vous pouvez lire la résolution qui brille dans mes yeux, vous comprendrez que je serais très déçu de retourner au portail ouest sans avoir eu la chance de vous prouver ma valeur. Je souhaite décrocher ce poste de toutes mes forces !

— Comment le pourrais-tu, Menna ? L'homme que je désignerai demain doit être l'un des meilleurs combattants de l'Empire. Ses antécédents parleront pour lui. Toi, tu n'as rien à m'offrir, mon brave garçon.

— Vous n'avez qu'à choisir votre homme, commandant. Lorsque ce sera fait, convoquez-moi de nouveau. Je me mesurerai à cet individu. Si mes qualités se révèlent insuffisantes, je comprendrai que je ne suis pas à la hauteur. J'ai cependant la certitude que mon adversaire rentrera chez lui en fixant le sol.

Neferothep eut un sourire à la fois incrédule et admiratif. L'audace de Menna lui plaisait beaucoup. En acquérant un peu de modestie, ce jeune homme pourrait certainement faire une brillante carrière militaire. Manifestement, ce novice n'avait jamais encore eu à faire face à l'insuccès. Le commandant savait par expérience que l'échec avait autant d'importance que le triomphe dans la vie d'un homme. Menna était sans doute très habile, mais il possédait l'orgueil d'un jeune fauve naïf. Avant de pouvoir devenir un guerrier digne de ce nom, il devrait d'abord goûter à l'amertume de la défaite. En fait, Neferothep avait déjà choisi le soldat qui deviendrait le protecteur de Leonis. La sécurité de l'enfant-lion n'était pas une chose à prendre à la légère et, en tant que chef de la garde royale, il en faisait une affaire personnelle. Tout en sachant d'avance que le gardien de portail n'aurait aucune chance d'obtenir ce poste, il avait tout de même accédé à la demande du vizir, convaincu qu'il réglerait rapidement le sort du jeune homme. Il ne s'attendait cependant pas à rencontrer un individu de cette envergure. Neferothep savait juger la valeur d'un combattant. Menna pourrait devenir l'un des meilleurs, mais, d'abord, il fallait lui faire perdre l'illusion de son invincibilité. Ce blanc-bec avait besoin d'une bonne leçon. Puisqu'il l'avait lui-même demandé, il affronterait le lendemain un adversaire de très haut niveau. Cet homme s'appelait Djâou. La protection du sauveur de l'Empire ne pouvait logiquement être confiée à personne d'autre que lui. Djâou était un soldat aguerri. En dix années de carrière, il s'était maintes fois illustré en accomplissant de dangereuses missions. Ses actes de bravoure ne se comptaient plus et il sortait toujours vainqueur des concours qui réunissaient les combattants les mieux entraînés d'Égypte. Neferothep ne pouvait douter du fait que Menna mordrait la poussière en se mesurant à Djâou. Il s'amusait déjà en songeant à la déconfiture que subirait bientôt l'inexpérimenté et prétentieux soldat. Malgré tout, le chef prit un air grave pour déclarer :

— Tu es trop téméraire, jeune homme. Je vais cependant t'accorder une chance. La nuit prochaine, j'enverrai un garde pour te remplacer au portail ouest. Je tiens à ce que tu sois bien reposé pour affronter ton rival. Ainsi, tu ne pourras guère mettre ta défaite sur le compte de la fatigue. Tu auras trois épreuves pour prouver que tu es supérieur au soldat que j'aurai choisi. Apporte ton arc et ton javelot. Demain, au lever du soleil, tu te présenteras dans l'enclos d'entraînement de la garde royale. Si tu parviens à vaincre ton adversaire, je te promets que le poste te reviendra.

— Vous êtes un homme équitable, commandant. Je tiens cependant à passer ma dernière nuit au portail ouest. Je ne peux quitter mon camarade Senedjem sans le saluer. Et puis, en réussissant à vaincre mon rival en dépit de la fatigue, je prouverai davantage ma vaillance. Ensuite, j'irai dormir. Je dors toujours bien lorsque je viens d'accomplir un exploit.

— Tu risques d'être déçu, mon garçon. Tu estimes que je suis un homme équitable. Je dois néanmoins t'avouer que je serais prêt à miser toutes mes possessions sur celui que tu affronteras.

— N'en faites rien, monsieur. Le risque de tout perdre serait trop grand. Vous voyez en moi un jeune soldat vaniteux. Vous pensez que je me crois beaucoup plus fort que je ne le suis en réalité. Je ne doute pas de la force de l'homme que j'affronterai demain. Je peux prévoir que mon rival sera un remarquable combattant. En se joignant aux troupes de Pharaon, il aura appris à développer d'excellentes aptitudes guerrières. Il sera devenu ce que l'armée voulait qu'il devienne. Moi, je n'ai subi l'influence de personne. Je suis né soldat. Jamais un instructeur n'aurait osé soumettre une recrue à un entraînement aussi rude que celui que je me suis moi-même imposé. Demain, commandant Neferothep, vous pourrez voir la différence entre un soldat de métier et un combattant de naissance. À votre place, je miserais sur le second.

12
LE MAÎTRE BAKA

Pour la deuxième nuit consécutive, Hapsout avait très mal dormi. La pièce où on l'avait enfermé après la cérémonie était pourtant bien plus confortable que le réduit malodorant de la taverne de Djehouty. Il disposait d'une couche épaisse et il n'avait pas eu à se méfier des rats. Toutefois, les images du sacrifice auquel il avait assisté dans la soirée n'avaient cessé de le hanter. Dans le silence, il entendait encore distinctement les craquements sinistres qu'avaient produits les os du bœuf lorsque le grand serpent l'avait saisi. Les mâchoires d'Apophis avaient exercé une pression telle que les yeux de la victime avaient giclé de leurs orbites. L'énorme reptile avait ensuite commencé à se tordre frénétiquement. Ses soubresauts titanesques soulevaient des trombes de sable. Son corps heurtait le mur d'enceinte dans un vacarme assourdissant. Le temple était agité de tremblements épouvantables et Hapsout avait eu la certitude que tout allait s'effondrer. Quand le dieu Apophis s'était enfin apaisé, un long moment s'était écoulé avant qu'on puisse l'apercevoir à travers le rideau de poussière qu'avaient provoqué ses convulsions. Seuls les flambeaux se trouvant sur le balcon de Baka avaient résisté au tumulte. Leurs flammes perçaient difficilement le brouillard jaunâtre qui envahissait le temple des Ténèbres. La tunique écarlate de Hapsout avait maintenant une couleur terne. Le profane devait enfouir son nez dans son col pour éviter de suffoquer. De nombreuses plaintes provenaient de l'autre côté de la surface sablonneuse. Une fois la poussière retombée, on avait rallumé quelques flambeaux. Les adeptes avaient alors pu contempler leur dieu qui s'était lové au centre de l'arène dévastée. Il semblait dormir. Le gros bœuf qu'il était en train de digérer ne déformait même pas le boyau écailleux de son corps. En silence, les adorateurs d'Apophis s'étaient levés pour quitter le lieu de culte. À la sortie du temple, quelqu'un avait appris à Hay que la gigantesque queue d'Apophis avait fauché une vingtaine d'initiés. Il semblait même que l'un d'entre eux avait été tué.

On avait conduit Hapsout jusqu'à une petite maison située à l'une des extrémités du village souterrain. Le jeune homme avait mangé et bu. Ses accompagnateurs l'avaient ensuite enfermé dans la pièce où il se trouvait en ce moment. Avant de fermer la porte, Amennakhté lui avait assuré que Baka serait rapidement avisé des motifs de sa présence. Le maître consentirait sans doute à le recevoir dès le lendemain.

En raison de l'obscurité qui l'entourait, Hapsout n'avait pas la moindre idée de l'heure qu'il pouvait être quand le battant s'ouvrit de nouveau. Amennakhté pénétra dans la pièce. Il souleva la lampe qu'il tenait pour examiner le prisonnier. Ce dernier était assis sur sa natte, les yeux grands ouverts.

— C'est l'aube, tête de melon ! Lève-toi !

— Comment faites-vous pour savoir que c'est l'aube ? demanda Hapsout en se dressant. Dans ce souterrain, vous ne pouvez pas voir le jour se lever.

— Quand les chauves-souris rentrent à la maison, nous savons que c'est l'aube. Le matin, elles passent au-dessus de nous pour aller se terrer dans des couloirs qui se trouvent près de la voûte. Elles sont alors si nombreuses qu'on dirait un énorme nuage de cendre. Une fois par semaine, nous organisons une corvée pour débarrasser notre petit village des saletés qu'elles laissent en passant. Quand vient l'aurore, lorsqu'elles regagnent leurs trous pestilentiels, ces bestioles font un tel chahut qu'elles nous réveillent.

— Je n'ai rien entendu.

— Les murs de cette chambre sont en pierre et la porte était fermée. J'imagine que tu n'as pas entendu non plus les ronflements de Hay. Pourtant, ce bougre faisait un boucan à réveiller un mort et il dormait juste à côté.

Ils passèrent dans la seconde des deux pièces de l'habitation. Hapsout mangea un peu de pain et il but un gobelet de lait. Amennakhté quitta la demeure pour aller s'informer de la disponibilité de Baka. En silence, Hay surveillait le jeune homme. Au bout d'une heure d'attente, son camarade revint pour annoncer que le maître attendait le profane. Ils sortirent aussitôt pour se diriger vers le temple des Ténèbres.

Ils ne pénétrèrent pas dans le lieu de culte par l'une de ses entrées principales, empruntant plutôt un étroit passage situé à droite de la splendide façade. Ce couloir menait à la salle du trône où les attendait le maître. La pièce était vaste, mais plutôt sobre. Les murs étaient ornés de hiéroglyphes et de scènes violentes sur lesquelles figurait le grand serpent. Des statues représentant Baka, Seth et Sobek se dressaient près du trône. Derrière celui-ci, la cloison était drapée du grand étendard des adorateurs d'Apophis. Baka n'était pas seul. Une femme superbe au regard dédaigneux était assise à sa gauche. Le prêtre qui, la veille, avait égorgé le bœuf, avait pris place à sa droite. Le maître des adorateurs d'Apophis portait une tenue identique à celle qu'il avait revêtue pour la cérémonie. En entrant, Hay et Amennakhté le saluèrent avec emphase. Hapsout fit de son mieux pour imiter leur révérence. Baka esquissa un geste de la main afin de les inviter à s'avancer. Les deux gaillards escortèrent le profane jusqu'au trône et ils s'écartèrent pour le laisser seul. Hapsout tremblait de terreur. Il savait que sa vie ne tenait qu'à un fil. Ainsi livré au regard scrutateur de Baka, il s'interrogeait sur l'importance des renseignements qu'il apportait à cet impitoyable personnage. Si ce dernier les jugeait futiles, le jeune homme ne reverrait jamais la lumière du jour ; il le savait. Il eut un sursaut lorsque le maître lui demanda :

— Ainsi, tu prétends connaître le visage de l'enfant-lion ?

— Je... je connais tr... très bien Leo... Leonis ! bredouilla Hapsout.

— Ne bafouille pas comme ça lorsque tu t'adresses à moi ! Je hais les lâches ! Tu trembles comme une brebis !

Hapsout prit une grande respiration. Il ferma les yeux et s'imagina en train de battre un esclave à coups de bâton. Cette vision lui fit le plus grand bien. Il se calma et ses lèvres dessinèrent même une ébauche de sourire. D'une voix ferme, il dit :

— Je connais très bien ce misérable Leonis, maître Baka ! Chaque nuit, je rêve qu'il meurt au bout de mille tortures !

— Pourquoi le détestes-tu autant ?

— Ce ver de terre m'a humilié, vénérable Baka ! Il s'est échappé du chantier où j'étais contremaître. Par la suite, il est revenu avec le vizir ! J'ignore comment ce petit crétin est parvenu à rentrer dans les bonnes grâces d'un personnage aussi influent ! Je suis un meneur d'hommes remarquable et, à cause d'un pitoyable esclave, j'ai été congédié sans la moindre explication !

— Notre espion nous a déjà fait savoir que Leonis est un ancien esclave. Nous avons également su qu'il venait de s'évader au moment où un prêtre a reconnu en lui le sauveur de l'Empire. Tu ne pouvais connaître ces détails et, pour l'instant, j'ai foi en ta parole. Je ne te demanderai pas de me décrire l'enfant-lion. Mes hommes m'ont avisé que tu avais épié leur conversation chez Djehouty. En raison de ce fait, même si tu ne connaissais pas Leonis, tu arriverais aisément à me donner une description de lui que je ne saurais contester. Ne pourrais-tu pas nous faire un portrait de ce garçon ? Nous le ferions parvenir à l'espion et il confirmerait la ressemblance entre l'enfant-lion et l'image que tu aurais dessinée.

— Malheureusement, comme votre espion, je dessine très mal, maître. Mais je n'aurais aucune difficulté à reconnaître Leonis dans la plus immense des foules. Nous savons déjà que l'enfant-lion devra bientôt se rendre à un temple d'Héliopolis. Je n'aurai qu'à surveiller ce temple. Quand ce minable se montrera, je serai en mesure de l'identifier et de le désigner à vos hommes !

— Nous pouvons prévoir que, ce jour-là, Leonis disposera d'une solide escorte. Lorsqu'il se rendra au temple, son arrivée ne se fera certes pas dans la discrétion. J'imagine que nos ennemis mettront tout en œuvre pour soustraire son visage aux regards. Si les choses se passent comme nous le prévoyons, ta présence là-bas ne nous servira à rien. J'avais espéré que tes renseignements nous feraient progresser. Or, force m'est de constater que tu sais peu de choses sur l'enfant-lion et que, désormais, tu en sais beaucoup trop sur nous. Je me demande ce que je vais faire de toi, Hapsout. Si tu travaillais toujours sur les chantiers, nous pourrions t'initier aux techniques de sabotage. Si tu étais vigoureux, tu pourrais servir dans mon armée. Toutefois, à part tes dispositions à faire le mal, j'estime que tu ne possèdes pas suffisamment de qualités pour devenir un adorateur d'Apophis. Les profanes qui pénètrent dans ces cavernes en ressortent rarement. Par naïveté, ils croient que notre porte est ouverte à tous les scélérats. Mais, tout comme toi, la plupart d'entre eux ne sont que d'insignifiantes canailles. En te présentant à mes hommes, tu t'es condamné, Hapsout. Tu passeras quelques jours au cachot en attendant que je décide de ton sort.

Le sang du profane n'avait fait qu'un tour. Sur un ton terrorisé, il clama :

— Vous ne pouvez pas me condamner, maître Baka ! Je suis un homme incomparable ! Je vous promets de me dévouer totalement à votre cause ! Laissez-moi devenir votre plus fidèle serviteur ! Je déteste l'Empire ! Je hais Leonis ! Je vénère Apophis !

— Si tu aimes à ce point le grand serpent, tu auras le plaisir de le satisfaire en lui servant de repas !

Baka eut un geste en direction de Hay et d'Amennakhté.

— Débarrassez-moi de ce ridicule vermisseau ! cracha-t-il. Conduisez-le au cachot ! La prochaine fois que vous emmènerez un profane, vous aurez intérêt à le choisir convenablement ! Et puis, à l'avenir, lorsque vous parlerez des adorateurs d'Apophis, vous devrez faire preuve de discrétion ! Chez Djehouty, ce jeune homme a pu entendre tout ce que vous avez dit ! Il aurait pu être l'un de nos ennemis ! Un jour, en raison de votre imprudence, quelqu'un vous suivra jusqu'ici et notre cachette sera découverte !

Tout à coup, Hay et Amennakhté empoignèrent Hapsout. Ce dernier roulait des yeux horrifiés. Il voulut protester, mais aucun son ne put jaillir de sa bouche. L'effroi le paralysait.

13
LES PROUESSES DE MENNA

Lorsque Menna pénétra dans l'enclos d'entraînement de la garde royale, le commandant Neferothep et le soldat Djâou étaient déjà arrivés.

— Ainsi, tu es venu ! s'exclama le chef de la garde royale en allant à sa rencontre. Je pensais que tu allais changer d'avis ! Tu peux encore le faire, tu sais ?

— Je n'aurais manqué ce rendez-vous pour rien au monde ! répliqua Menna. Je viens à peine de quitter mon poste au portail ouest. J'ai terminé une heure plus tôt et je croyais bien arriver ici avant vous.

— Nous sommes là depuis peu. Je vois que tu as apporté tes armes. J'espère que tu n'es pas trop fatigué, car le vaillant Djâou, comme toujours, est dans une forme splendide !

— Ça ira, commandant. Vous êtes manifestement très fier de votre homme. Je vais donc essayer de ne pas trop vous l'abîmer.

Neferothep éclata de rire. Décidément, il n'y avait aucune limite à l'arrogance de ce jeune soldat. Sans vraiment le détester, le commandant avait hâte de le voir consterné et rouge de honte devant le constat de sa défaite. En posant sa main sur l'épaule vigoureuse de Menna, il lança :

— Allez ! viens, pauvre inconscient ! Je vais te présenter ton adversaire !

Djâou dépassait le novice d'une bonne tête. C'était un colosse aux muscles impressionnants. Menna le salua, mais l'autre ne daigna pas lui rendre cette politesse. Il le toisa plutôt d'un regard méprisant et, en s'adressant à Neferothep, il dit :

— Cet affrontement sera une perte de temps, chef ! Je croyais que je devrais me mesurer à un adversaire de ma trempe !

— C'est bien dommage, Djâou ! crâna le jeune homme. Cette fois, pour changer, tu devras te frotter à quelqu'un de plus fort que toi !

— Vivement que ça commence, alors, minable écervelé ! Je songeais à y aller doucement, mais, puisque tu te montres prétentieux, je ne me gênerai pas pour te donner une bonne leçon !

Neferothep s'interposa dans la discussion :

— Allons, messieurs ! Puisque votre sang bout déjà, j'estime qu'il est temps d'engager les véritables hostilités ! Dans la première épreuve, vos armes seront de simples bâtons ! Vous lutterez jusqu'à ce que l'un de vous touche le sol de ses deux genoux !

Les combattants marchèrent jusqu'au centre du terrain d'entraînement et s'emparèrent de leurs armes qui étaient plantées dans le sable. Les bâtons étaient lourds et robustes. Avant le début du combat, Menna demanda à son vis-à-vis :

— Quel âge as-tu, Djâou ?

— J'ai vingt-six ans, jeune fou ! Pourquoi me poses-tu cette question ?

— Je t'accorde vingt-six coups pour me vaincre. Je ne riposterai qu'après ton vingt-sixième assaut. Ce sera mon seul coup et tes genoux iront toucher le sable.

Le colosse ricana. Neferothep aussi. Ce dernier signala aux combattants que le duel pouvait s'amorcer.

Les soldats s'étudièrent un instant. Ils tournaient, l'un en face de l'autre, en se regardant droit dans les yeux. Un sourire hargneux dévoilait les canines de Djâou. La figure de Menna ne montrait aucune émotion. En constatant que son adversaire n'avait véritablement pas l'intention d'attaquer, le colosse y alla d'un premier assaut. Son geste fut d'une formidable vivacité. Son bâton fendit l'air en sifflant et, pendant une fraction de seconde, Neferothep eut la certitude que Menna aurait le crâne fracassé. L'arme du novice vint cependant le protéger du choc. Les bâtons se percutèrent avec un bruit puissant et sec. Une expression de surprise déforma les traits de Djâou. Il fut un moment déstabilisé par la parade prodigieuse que venait d'exécuter Menna. Celui-ci aurait pu profiter de cet instant d'hésitation pour riposter. Il se contenta simplement de dire :

— Tu viens de gaspiller un coup, mon vieux ! J'espère que tu peux faire mieux !

Djâou répliqua par une seconde attaque. Cette fois, il visa l'abdomen du jeune homme, qui esquiva le coup avec aisance. Le colosse enchaîna avec une série de charges tellement prestes que le commandant Neferothep avait du mal à suivre l'arme du regard. Les claquements produits par les bâtons retentissaient à un rythme effréné. Malgré tout, Menna s'en tira sans une égratignure. Tandis que son assaillant, estomaqué, reprenait son souffle, il fit le compte :

— Nous voilà donc rendus à douze coups ! Tes chances s'amenuisent, camarade !

La fureur crispait les traits de Djâou. En accompagnant ses assauts de hurlements rauques, il poursuivit son offensive avec l'énergie d'un forcené. Tout en comptant les coups à haute voix, son rival se défendait à la perfection. La vingt-sixième attaque se révéla aussi vaine que les précédentes. Menna recula un peu et déclara :

— À mon tour, maintenant !

Le jeune homme pivota plusieurs fois rapidement. Il fit tournoyer son bâton avec adresse avant de viser la tête de son vis-à-vis. Ce dernier leva son arme pour contrer l'agression. Il ne s'agissait toutefois que d'une feinte adroite de la part du novice. Djâou fut déjoué et il reçut l'extrémité du bâton de Menna en plein ventre. Le colosse se vida de son air et tomba à genoux dans le sable. Neferothep annonça alors, sans trop de conviction :

— Le soldat Menna remporte l'épreuve.

Le vainqueur planta son arme dans le sable. Il tendit sa dextre à son adversaire afin de l'aider à se relever. Djâou la refusa en balayant l'air de la main. À l'évidence, il souffrait beaucoup. Son visage était presque violet et des larmes roulaient sur ses joues. Le gardien du portail ouest ne montra aucune arrogance. Il alla s'asseoir à l'écart en attendant que son concurrent recouvre ses forces.

La deuxième épreuve était celle du javelot. Les soldats allèrent donc chercher leurs armes avant de rejoindre Neferothep à l'une des extrémités de l'aire d'entraînement. Le commandant demanda à Djâou de lui prêter sa lance. Il traça ensuite une ligne dans le sable à l'aide de la pointe de bronze. Le colosse semblait complètement remis de sa défaite. Il considérait maintenant le novice avec un certain respect. En montrant du doigt un mannequin de paille qui se trouvait à bonne distance, Neferothep exposa aux deux hommes le but de la prochaine compétition:

— En restant derrière la ligne que je viens de tracer, vous devez atteindre le mannequin qui se trouve là-bas. La cible est située à trente longueurs d'homme. Ce ne sera guère aisé et, pour être honnête avec toi, Menna, j'ai vu souvent Djâou réussir cet exploit. Un seul lancer vous sera accordé. Si vous ratez tous les deux le mannequin, cet affrontement sera nul.

Le colosse fut désigné pour commencer l'épreuve. Pendant un long moment, il soupesa son arme en fixant la cible. Djâou était très concentré. Son corps musclé était parcouru de tressaillements. Il recula d'une vingtaine de pas sans quitter son objectif du regard. Après avoir respiré profondément, il s'élança vers la ligne. En quelques enjambées spectaculaires, il atteignit la marque. La lance fut propulsée avec une force inouïe. Elle franchit la distance sans osciller pour atteindre le mannequin à la hauteur du ventre. Djâou leva les bras en l'air en poussant une clameur de triomphe. Menna le félicita d'un signe de tête. Puis, avec la pointe de son javelot, il dessina une ligne à cinq longueurs d'homme derrière celle qu'avait précédemment tracée Neferothep.

— Que fais-tu ? interrogea ce dernier.

— Je veux lancer mon javelot de cet endroit, monsieur.

— Tu veux rire, Menna ! C'est beaucoup trop loin ! Ta lance se plantera dans le sable avant d'avoir atteint la cible !

— Mon arme atteindra son but, commandant. Elle franchira aisément la distance et elle terminera sa course dans la tête du mannequin. Je tiens à spécifier que je viserai la tête : ainsi, vous saurez que mon triomphe ne sera guère le fruit d'un heureux hasard.

Peu convaincu, Neferothep recula en marmonnant. Le jeune soldat s'éloigna de la nouvelle ligne en tournant le dos au mannequin. Contrairement à Djâou, Menna ne prit pas le temps de se concentrer. Lorsqu'il se jugea à distance suffisante, il se retourna aussitôt pour foncer vers sa marque. De prime abord, son lancer sembla moins puissant que celui de Djâou. Le javelot s'éleva longuement pour décrire un arc prononcé dans le ciel matinal. La force du jet se révéla à l'instant où l'arme entama sa descente. La lance plongea sur sa cible avec la vélocité d'un oiseau de proie. Quand sa pointe acérée pénétra dans la tête du mannequin, Neferothep et Djâou ne purent retenir leurs cris d'admiration.

— L'adresse de ce combattant est éblouissante ! s'exclama Djâou. Je ne pourrais jamais accomplir un tel exploit !

Neferothep serra la main de Menna avec ferveur. D'une voix tremblante d'excitation, il déclara :

— Tu as déjà remporté deux épreuves, mon gaillard ! Il est inutile d'aller plus loin ! Tu viens de me prouver que tu n'as pas ton égal parmi les soldats de l'Empire !

— Je proteste ! s'écria Djâou. La troisième épreuve doit avoir lieu !... J'imagine que je vais encore perdre, mais je veux admirer les talents d'archer de ce jeune prodige !

— Si Menna est d'accord, je n'y vois guère d'inconvénient, fit le chef.

— Je suis d'accord, répondit le novice. Au portail ouest, j'ai passé la nuit à ajuster la tension de mon arc. J'avais bien l'intention de l'utiliser ce matin !

Les trois hommes se dirigèrent donc vers un coin du terrain destiné à l'entraînement des archers. Devant un haut mur fabriqué avec des briques de limon, une trentaine de cibles avaient été installées. Il s'agissait de banals panneaux de bois criblés de trous. Chacun d'eux était marqué d'une croix en son centre. Neferothep expliqua:

— Pour cette épreuve, vous utiliserez la même cible, messieurs. Chacun de vous devra tirer trois flèches. La flèche qui sera le plus près de la croix désignera le gagnant.

— Cette épreuve est trop facile, soupira Menna. Puisque le soldat Djâou désire voir mes qualités d'archer, je propose de corser un peu le jeu. Pourrait-on avoir une cible neuve?

Sans savoir où le jeune homme voulait en venir, Djâou s'empressa d'aller chercher un panneau intact. En accrochant cette nouvelle cible, le colosse souriait comme un enfant. Ce soldat aguerri n'était ni envieux ni rancunier. Menna lui donnait l'occasion de s'émerveiller et il avait visiblement très hâte d'assister à la prochaine prouesse de cet exceptionnel combattant. Quand Djâou eut fini d'installer le panneau de bois, le novice lui dit:

— Tu tireras tes trois flèches avant moi, camarade. Ensuite, tu iras les extraire de la cible.

Djâou acquiesça. Il prit son arc et se mit en position. Sa première flèche rata la croix de peu. Au second tir, le colosse manqua de précision et le projectile alla se ficher dans le coin supérieur droit du panneau. L'archer remua la tête en signe de déception. À son ultime tentative, il banda son arc avec vigueur et se concentra longuement avant de libérer sa flèche. Celle-ci s'enfonça en plein cœur de la croix. Malgré ce brillant résultat, Djâou se garda d'exprimer sa fierté. Il se dirigea vers la cible pour retirer ses trois flèches comme le lui avait demandé son rival. Neferothep se frottait les mains avec fébrilité. La curiosité faisait briller son regard. Il demanda à Menna :

— Quel exploit vas-tu accomplir, cette fois, mon garçon ? Réussiras-tu à placer toutes tes flèches au centre de la cible ?

— Je ferai encore mieux, affirma le jeune homme avec un sourire énigmatique.

Menna décocha ses flèches et le commandant fut bien déçu de constater que le talent du novice ne surpassait guère celui du vigoureux Djâou. Les résultats de Menna ressemblaient à s'y méprendre à ceux de son adversaire. Une seule flèche avait atteint la croix. L'une d'elles était passée bien près du centre et l'autre avait lamentablement échoué dans le haut du panneau. Neferothep glissa à l'oreille de Djâou :

— Voilà au moins une épreuve que tu n'as pas perdue.

— Vous vous trompez, chef, corrigea le colosse. Le jeune Menna vient encore une fois d'accomplir un inimitable prodige.

— Allons, Djâou ! Ses habiletés d'archer ne sont guère supérieures aux tiennes ! Une seule de ses flèches a touché la croix !

— C'est que... Menna ne visait pas la croix, monsieur. Il visait les trous creusés par mes propres flèches. Allez examiner la cible et vous constaterez comme moi qu'il a fait mouche à tous les coups. Ce soldat est... un dieu, commandant.

14
LA MISSION DE MENNA

Après les épreuves, le commandant Neferothep avait suggéré à Menna d'aller dormir. Il lui avait assuré qu'il pourrait sans problème le convoquer plus tard afin de lui expliquer en quoi consisterait son nouveau travail. Le soldat avait refusé de rentrer chez lui. Comment aurait-il pu trouver le sommeil ? Cette journée était la plus belle de toute sa vie ! Il rejoignait enfin l'élite des combattants de l'Empire ! Neferothep avait donc invité Menna à le suivre. Ils avaient marché jusqu'au palais et franchi le portail de l'enceinte. Les deux hommes traversaient maintenant les jardins pour se diriger vers la demeure de l'enfant-lion. Le jeune soldat arborait un sourire empreint de fierté. Dans l'allée principale, ils croisèrent un personnage au visage austère et au regard ombrageux. Le commandant le salua :

— Bonjour, scribe Senmout ! C'est une bien belle matinée, n'est-ce pas ?

— Vous me faites bien rire, Neferothep, répliqua le sombre individu sur un ton acrimonieux. Les matins sont tous pareils en Égypte. Pour quelle raison cette matinée serait-elle différente des autres ?

— Je voulais simplement vous être agréable, scribe Senmout. Je constate malheureusement que vous êtes tout aussi déplaisant que d'habitude. Vous arrive-t-il de sourire, de temps à autre ?

— Je sourirai lorsque les militaires seront doués d'intelligence, commandant. Je suis persuadé que ce jour est encore loin.

Menna jeta sur son supérieur un regard stupéfait. Les paroles insolentes du scribe ne semblaient pas l'avoir offusqué. C'est même en souriant que Neferothep expliqua au soldat :

— Pour Senmout, les gens qui ne connaissent pas les écritures sont inévitablement des imbéciles. Il éprouve également un profond mépris pour tous ceux qui exercent un métier manuel. Puisque, désormais, tu habiteras à l'intérieur de cette enceinte, je te conseille fortement d'éviter d'adresser la parole à cet individu. Sa bouche est pleine de venin et…

— Comment? l'interrompit Senmout. Vous dites que ce soldat viendra habiter ici!

— Il sera le protecteur du sauveur de l'Empire, annonça Neferothep.

— Ah! bien sûr! lança le scribe en se frappant sur la cuisse. J'aurais dû m'en douter! Rien n'est trop beau pour le sauveur de l'Empire! Comment pouvez-vous croire à ces bêtises, commandant? D'où vient-il, notre sauveur? Le bruit court que votre précieux enfant-lion n'était rien d'autre qu'un négligeable esclave avant que Pharaon n'en fasse un prince!

— En quoi cela vous regarde-t-il, Senmout? Leonis a fait ses preuves, et sa présence ici concerne des gens beaucoup plus importants que vous! Puisque personne ne vous demande votre avis, vous n'avez qu'à continuer à affûter vos calames et à souiller vos rouleaux de papyrus!

— Cela me concerne plus que vous ne le croyez, commandant! Je gère ce palais, figurez-vous! J'administre cet endroit avec une rigueur extraordinaire! Pour moi, les bienfaits qui sont accordés à Leonis ne représentent guère autre chose qu'un ridicule gaspillage! J'ai la conviction que les dieux n'auraient jamais choisi un être aussi peu reluisant pour sauver l'Empire égyptien! Ce prétendu enfant-lion aurait très bien pu habiter dans le quartier des domestiques! Pharaon aurait dû attendre qu'il sauve l'Empire avant de le couvrir de richesses! De plus, l'un de ses amis est venu le rejoindre! Combien de misérables se baladeront ainsi dans les jardins avant que l'on ne comprenne que c'est inconvenant? Il n'y a pas si longtemps, la grande maison de Mykérinos était un lieu réservé à la noblesse! Maintenant, on y héberge des esclaves et des soldats!

— Soyez tranquille, scribe Senmout, déclara Neferothep, Menna sera le seul soldat à résider à l'intérieur de cette enceinte. Maintenant, si vous voulez bien nous excuser, nous devons rencontrer l'inestimable sauveur de l'Empire. Peu importe d'où il vient, il est nettement plus agréable que vous.

Le scribe voulut répliquer, mais il se ravisa. Il lança à Neferothep un regard malveillant et, jugeant sans doute qu'il était inutile de poursuivre la discussion avec un semblable ignorant, il leva le nez pour se diriger d'un pas rapide vers le portail.

— Cet homme est vraiment détestable, glissa Menna en serrant les dents.

— Il a toujours été ainsi, mon garçon. Toutefois, en dépit de son sale caractère, il est un excellent scribe et un brillant administrateur. Le vizir Hemiounou fait souvent l'éloge de ses compétences. Cependant, personne ne nous oblige à l'aimer. Les domestiques détestent ce fielleux personnage et, une fois, j'ai même surpris un soldat qui s'entraînait à l'arc en prenant pour cible un portrait grossier du scribe Senmout.

— J'espère que vous n'avez pas puni cet archer !

— Un peu, Menna. Puisqu'il avait voulu faire le malin, je lui ai ordonné de me dessiner trente portraits de Senmout. Le lendemain, j'ai convié autant d'archers à l'entraînement. Nous nous sommes bien amusés !

— Vous utilisiez les portraits de cet individu comme cibles ?

— En effet, mon garçon. Et, avant ce jour, jamais encore je n'avais vu mes hommes viser aussi juste !

En arrivant chez Leonis, ils aperçurent Tcha qui manipulait un chadouf[4] au-dessus d'un canal d'irrigation longeant le côté sud de la demeure. Le bossu salua timidement Neferothep, qui répliqua :

— Tu travailles sans arrêt, Tcha ! Tu finiras par t'exténuer !

---

4. Chadouf : Appareil à bascule servant à puiser l'eau d'irrigation.

— Tcha aime travailler, monsieur ! Il faut donner à boire aux jardins et Tcha sait comment il faut faire !

— Tu as raison, mon brave. Tu peux être fier de ce que tu accomplis chaque jour. Ces jardins sont magnifiques !

L'ouvrier remercia le chef et retourna à sa tâche. Menna avait du mal à masquer l'apitoiement que le pauvre Tcha lui inspirait. Pendant que le commandant lui parlait, le bossu avait observé furtivement le jeune soldat. Il paraissait inquiet. Lorsqu'ils se furent éloignés, Menna demanda à son supérieur :

— Ce malheureux semblait effarouché par ma présence. J'espère qu'il n'a rien vu d'outrageant dans mes yeux.

— Ne t'en fais pas. Tcha est toujours ainsi lorsqu'il rencontre un soldat qu'il ne connaît pas. Autrefois, des gardes sans scrupules lui ont fait subir d'horribles tortures. Dans peu de temps, il constatera que tu es digne de sa confiance, et ses inquiétudes se dissiperont. De plus, tu es un étranger et, en raison de son apparence, Tcha n'aime pas trop se montrer aux inconnus.

— Je comprends très bien, répondit Menna.

Il tourna la tête pour jeter un coup d'œil en direction du bossu. Tcha avait abandonné le chadouf. Ce vaillant homme était sans doute déjà parti vaquer à d'autres occupations.

Neferothep frappa à la porte de Leonis. Mérit vint aussitôt ouvrir aux deux visiteurs et les conduisit dans la salle principale avant d'aller prévenir le maître des lieux. Lorsque l'enfant-lion entra dans la pièce, un large sourire éclaira son visage.

— Bonjour, soldat Menna ! claironna-t-il en s'approchant. Je suis vraiment très heureux de vous revoir !

— Votre bonheur ne surpasse certainement pas le mien, Leonis !

— Le chef vous a-t-il exposé les motifs de votre présence ici ?

— J'ai préféré attendre, intervint Neferothep. Menna est déjà au courant qu'il deviendra votre protecteur. Il sait également que vous êtes l'enfant-lion et le sauveur de l'Empire. Pour l'instant, j'imagine que ces termes ne signifient rien pour lui. Je comptais sur vous pour tout lui dévoiler. Je tiens à vous assurer que ce gaillard est doué de qualités exceptionnelles ! Je l'ai vu à l'œuvre, Leonis ! J'ignore ce qui vous a inspiré ce choix, mais vous ne pouviez guère tomber sur un plus habile combattant !

— Étant donné que les divinités m'ont désigné pour sauver l'Égypte, il n'est pas interdit de croire qu'elles peuvent également guider mes actes. Seulement, ne parlons pas trop vite. Il faut d'abord savoir si le soldat Menna acceptera de m'accompagner dans ma quête...

— Peu importe les dangers qui me guettent, sachez que je suis prêt à tout, Leonis. J'attends depuis longtemps l'occasion de servir Mykérinos en véritable combattant. J'ai cependant bien hâte d'en savoir plus long sur cette histoire de sauveur de l'Empire. J'étais loin de me douter qu'une menace planait sur l'Égypte.

— Connaissez-vous les adorateurs d'Apophis, soldat Menna?

— Pas du tout. Qui sont ces gens?

— Je vais vous le dire, mon cher ami. Préparez-vous à entendre des choses étonnantes...

Durant une heure, l'enfant-lion parla sans presque s'interrompre. Entre-temps, Montu était venu se joindre au groupe. Menna écoutait Leonis avec attention. Le garçon lui expliqua pourquoi on le désignait comme étant le sauveur de l'Empire. Puis il lui révéla tout ce qu'il savait sur Baka, sa brigade d'élite et le reste de ses sujets. Menna apprit aussi l'existence du talisman des pharaons et de la table aux douze joyaux. Les paroles de l'enfant-lion semblaient contraires à la raison, mais, puisque le commandant Neferothep était présent, le novice s'interdisait de ne pas y croire. Lorsque Leonis termina son récit, un profond et long silence flotta dans la vaste pièce. Ce fut Neferothep qui le rompit en s'adressant à Menna :

— Maintenant, tu connais l'importance de ta charge. Si tu l'acceptes, tu devras être prêt à affronter tous les périls pour protéger l'enfant-lion. Tu ne feras pas simplement partie des soldats de la garde royale, Menna. Aucune affectation n'a plus d'importance que celle qui t'est offerte aujourd'hui. Car, si Leonis ne parvient pas à livrer l'offrande suprême avant le jour fixé par Rê, l'Égypte entière sera anéantie.

— C'est avec honneur et joie que j'accepte cette mission, commandant Neferothep ! Les adorateurs d'Apophis auront intérêt à se tenir hors de la portée de mes armes ! S'il le faut, je donnerai ma vie pour préserver celle de l'enfant-lion ! J'enseignerai également l'art du combat à Leonis et à Montu. En peu de temps, ils deviendront de redoutables guerriers !

— Ce sera extraordinaire ! s'exclama Montu.

— Soldat Menna, dit Leonis, je suis heureux de pouvoir désormais compter sur vous. J'aimerais maintenant vous avouer quelque chose.

— Allez-y, Leonis.

— La nuit où je me suis présenté au portail ouest, vous avez entendu un lion. Vous vous rappelez ?

— Certainement que je m'en souviens ! Je vous ai accusé à tort d'avoir imité cette bête ! Le lendemain, j'ai découvert ses traces à proximité du portail !

— Je dois vous informer que ce lion me protège. Ne me demandez rien de plus à son sujet. Lorsque nous nous trouverons dans une situation périlleuse, il se pourrait bien qu'il surgisse de nulle part pour nous aider. Donc, quand vous verrez un magnifique lion blanc non loin de vous, je vous demande de ne pas le craindre. Cette bête est notre alliée et sa vie a autant d'importance que la mienne. Jurez-moi de vous en souvenir, Menna.

— Je vous le jure, conclut le soldat.

15
DES NOUVELLES DE L'ESPION

Prostré dans la pénombre, Hapsout se lamentait en tremblant de terreur. Dans peu de temps, les mâchoires implacables du dieu Apophis broieraient ses os comme de vulgaires brindilles. Sa voix était enrouée, tellement il avait supplié qu'on l'épargne. Le prisonnier ne savait pas si quelqu'un pouvait l'entendre. La porte de son cachot était un solide assemblage de barreaux de bois. Il parvenait donc à distinguer le couloir obscur se trouvant de l'autre côté. Or, depuis qu'il était enfermé, personne n'était passé par là. Le jeune homme n'avait aucune idée du temps qui s'était écoulé depuis ce moment. La fatigue accumulée durant les derniers jours avait eu raison de son anxiété. Au mépris des pensées horribles qui le tourmentaient, il était parvenu à s'endormir. À son réveil, Hapsout s'était brièvement demandé à quel endroit il se trouvait. Mais, tel un coup de fouet, la terrifiante perspective de ce qui l'attendait avait vite chassé les brumes de son engourdissement. Le condamné s'était alors dressé sur son séant pour hurler de toutes ses forces.

Évidemment, la pensée de sa fin effroyable et imminente était la principale préoccupation de Hapsout. De temps à autre, cependant, la haine qu'il ressentait envers Leonis parvenait presque à lui faire oublier sa peur. Ce petit vaurien avait causé sa déchéance et, maintenant, il serait en grande partie responsable de son trépas. L'ancien contremaître maudissait le jour où son chemin avait croisé celui de Leonis. Comme il regrettait de ne pas avoir battu cet esclave à mort tandis qu'il était encore à sa merci! Hapsout en était là dans ses pensées lorsqu'il entendit un pas dans le couloir.

Le condamné se recroquevilla contre le mur de pierre. Il souhaitait de tout cœur que celui qui s'amenait passe son chemin. Une lueur éclaira le cachot et on manipula le verrou de la porte qui s'ouvrit en grinçant. Hapsout faisait face au mur, comme si le fait de ne rien voir avait pu le préserver du danger. Une voix autoritaire lui ordonna:

— Debout, profane ! Le maître Baka veut s'entretenir avec toi !

Un frisson d'espérance parcourut le dos du captif. Visiblement, le temps du sacrifice n'était pas encore venu. Baka voulait lui parler. Le maître des adorateurs d'Apophis avait peut-être changé d'avis…

Hapsout se leva pour faire face à son gardien. En fait, ils étaient trois. Le jeune homme ne les avait encore jamais vus. L'un d'entre eux lui lia les poignets et on le conduisit jusqu'à la salle du trône.

Baka était toujours accompagné du prêtre et de la belle dame au regard méprisant. Ils discutaient à voix basse et, lorsque le profane fit son entrée, ils ne daignèrent même pas lever la tête. Pendant de longues minutes, Hapsout resta debout devant le trône. Le cœur battant, il tentait d'empêcher ses membres de trembler. La sueur imbibait sa tunique. Baka quitta son siège pour marcher vers lui. Le maître observa longuement le détenu d'un œil amusé avant de dire :

— Tu crèves de peur, n'est-ce pas, mon petit Hapsout ?

— Oui, répondit simplement le profane.

— Les gardiens prétendent que tu n'as pas cessé de pleurnicher. Est-ce que tu serais faible à ce point ?

— Je… ne suis… pas faible, maître Baka. Puisque mon désir de vous servir est grand, j'ai imploré sans arrêt votre clémence. Je ne veux pas mourir avant de vous avoir livré Leonis.

— Tu crois donc que je ne pourrais guère me passer de ta négligeable personne?

— Je n'ai rien affirmé de tel, maître. Je sais que les jours de l'enfant-lion sont comptés. J'aimerais seulement faire partie de ceux qui causeront sa perte.

Baka retourna s'asseoir. Il se massa le menton d'un air songeur avant de reprendre la parole:

— Les choses ont changé depuis notre dernière rencontre, Hapsout. Hier soir, de nouveaux renseignements nous sont parvenus du palais royal. L'Ombre a pu saisir une longue conversation entre Leonis et le vizir Hemiounou. Nous savons maintenant que l'enfant-lion est un jeune imbécile qui a trop confiance en lui pour comprendre le bon sens. Cet idiot a refusé la solide escorte de soldats que le vizir lui a proposée. Leonis a prétendu que le danger serait moindre s'il poursuivait sa quête dans la discrétion. Il ne veut qu'un seul homme pour assurer sa protection. Pour l'instant, nous ne connaissons pas le visage du sauveur de l'Empire, mais, désormais, nous avons toutes les raisons de croire qu'il ne fera rien pour se cacher. Il compte se mêler à la foule et ce n'est pas en se masquant la figure qu'il pourra passer inaperçu. Je ne voudrais pas t'accorder trop d'importance, Hapsout. Tu n'as encore rien prouvé et j'ai toujours la nette impression que tu n'es rien d'autre qu'un déplorable poltron. Néanmoins, tu es le seul à pouvoir nous indiquer qui est Leonis. J'ai l'intention de t'envoyer à Héliopolis afin que tu surveilles le temple où l'enfant-lion devra se rendre dans quelques jours. Tu seras accompagné d'une troupe de combattants et d'un artiste de grand talent. Cet artiste tentera de faire un portrait précis de celui que tu lui désigneras. S'ils le peuvent, les combattants essayeront d'assassiner le sauveur de l'Empire.

Hapsout eut peine à retenir les larmes de joie qui lui piquaient les yeux. Pour l'instant, il échappait à la mort. De plus, il avait devant lui une chance unique d'assouvir sa terrible soif de vengeance. Il aurait voulu danser, mais, bien sûr, la situation ne le permettait pas. Il se contenta donc de déclarer d'une voix émue :

— Je saurai me montrer digne des adorateurs d'Apophis, maître Baka !

— Si tu y parviens, tu deviendras l'un des nôtres. Je fais confiance à mes hommes. Je crois bien qu'ils réussiront à éliminer Leonis lorsqu'il sortira de ce temple. Toutefois, si leur tentative échouait et que l'enfant-lion demeurait en vie, tu pourrais encore nous être utile par la suite. Savais-tu que Leonis avait une petite sœur ?

— Je l'ignorais, répondit Hapsout.

— Selon nos renseignements, cette petite est une esclave qui travaille dans un atelier de tissage. Nous ignorons où elle est. Nous savons que Mykérinos enverra bientôt des hommes pour la retrouver. Il serait extraordinaire de pouvoir mettre la main sur cette petite avant nos ennemis. Il semble que Leonis aime beaucoup sa sœur. J'imagine qu'il deviendrait fou s'il savait que nous tenons sa petite chérie entre nos griffes. Qu'en penses-tu, Hapsout ?

— Cette possibilité me plaît énormément, maître Baka ! Oserais-je croire que vous me désignerez pour partir à sa recherche ?

— C'est effectivement le cas, Hapsout. Bien entendu, si Leonis trouve la mort dans les prochains jours, il sera bien inutile de rechercher cette misérable. Pour l'instant, nous devons attendre... Bientôt, il se peut que j'exhibe la tête de l'enfant-lion devant la foule du temple des Ténèbres. Si ce délectable agrément ne m'est pas offert, tu entameras ta mission. Tu disposeras de tout ce qu'il faut pour la mener à bien. Ta récompense sera grande si tu réussis.

— J'espère que vos hommes assassineront bientôt le sauveur de l'Empire, maître Baka. Toutefois, je salive en imaginant la douleur qu'éprouverait Leonis s'il apprenait que nous détenons sa sœur. Si cela s'avérait nécessaire, je partirais à la recherche de cette esclave en y mettant plus d'ardeur que quiconque ! Où qu'elle soit, je vous promets de la retrouver !

— Je réalise à quel point tu détestes Leonis, Hapsout. Tu n'es peut-être qu'une perfide couleuvre sans habileté particulière, mais la haine qui brille dans tes yeux m'indique que seul le sang de l'enfant-lion pourra éteindre le feu de ta vengeance. Celui qui éprouve une telle animosité est un être dangereux. Tu es dangereux, Hapsout, et c'est la raison pour laquelle j'ai confiance en toi.

— Je ne trahirai pas cette confiance, maître Baka ! Quand devrai-je partir pour Héliopolis ?

— Demain. Pour l'instant, je vais t'offrir une chambre confortable. On te donnera des vêtements et tu mangeras à ta faim.

16
LA CHAMBRE SECRÈTE

L'entrée principale du temple où devait se rendre Leonis était orientée vers le Nil. Un quai avait été aménagé pour y accéder. La meilleure façon d'aller là, en partant de Memphis, était de remonter le grand fleuve en direction du delta. La navigation se faisait presque en ligne droite et une barque pourvue de rameurs vigoureux pouvait parcourir ce trajet en bien peu de temps. L'enfant-lion n'avait cependant voulu courir aucun risque. Car, si jamais les adorateurs d'Apophis avaient eu vent de sa prochaine expédition à Héliopolis, il valait mieux passer par le désert pour atteindre la cité. Leonis avait élaboré son plan sur un bout de papyrus. Montu, Menna et le commandant Neferothep ne sachant pas lire, il avait tracé à l'encre noire le chemin que lui et ses compagnons auraient à emprunter pour parvenir au temple de Rê. Cette réunion s'était déroulée sur la terrasse, dans le silence le plus complet. De cette façon, même s'il avait été à quelques pas d'eux, l'espion n'aurait rien pu connaître des intentions de Leonis. Ce dernier avait également dessiné quelques symboles simples pour indiquer qu'ils partiraient à la nuit tombée en sautant les murailles de Memphis. Il était hors de question de sortir de la ville en empruntant les portails qui étaient certainement surveillés par leurs ennemis. Ils n'emporteraient pas de lampe et sortiraient en s'assurant de ne pas être remarqués.

Une fois cette planification silencieuse achevée, ils avaient discuté à voix haute dans le but de brouiller les pistes et de tromper le mystérieux espion qui, fort probablement, écoutait chaque mot de leur conversation. Notre jeune héros avait brûlé le papyrus tandis qu'il parlait avec ses amis. Neferothep devrait veiller à informer le vizir du plan de Leonis. Le stratagème avait très bien fonctionné. Pour la première fois, les renseignements de l'Ombre seraient erronés. Le lendemain, Baka recevrait un message de son informateur précisant que le sauveur de l'Empire arriverait à Héliopolis en plein jour et en venant par le fleuve.

Leonis, Montu et Menna avaient donc atteint sans encombre le temple de Rê. Ils avaient traversé la cité d'Héliopolis sans rencontrer âme qui vive. L'aube embrasait le ciel. Les formes cubiques et pâles du temple solaire s'habillaient de rose. Les trois compagnons longèrent une chaussée montante pour gagner le majestueux pylône. Ce dernier était gardé par deux soldats. Le commandant Neferothep avait remis à Menna un poignard de bronze qui leur permettrait de s'identifier. L'un des gardes examina l'arme et leur fit signe d'entrer. Le trio pénétra dans la cour destinée au peuple et qui menait au sanctuaire. En habitué, Menna aperçut de nombreuses silhouettes tapies dans la pénombre encore dense: des soldats de la garde royale veillaient sur eux. Leonis, Montu et lui entrèrent dans le portique hypostyle du sanctuaire dédié au dieu-soleil. Le vizir Hemiounou et le grand prêtre Ankhhaef les attendaient devant la porte qui donnait accès à la grande cour de culte. Hemiounou dit à voix basse:

— J'espère que votre voyage ne fut pas trop pénible, mes amis. Pharaon est déjà dans le temple. Il est arrivé il y a quelques heures pour ne pas attirer l'attention de ses sujets. C'est un grand jour pour l'Empire! Nous connaîtrons enfin les secrets de la table aux douze joyaux! Tu n'as pas oublié le talisman, Leonis?

— N'ayez crainte, vizir. Il est sous ma tunique.

— Très bien ! Il me tarde d'assister à l'ouverture de la chambre secrète ! Venez vite !

La cour de culte était dominée par un obélisque qui avait la hauteur de trente hommes. La flèche de pierre reposait sur un imposant socle. Le groupe se dirigea vers un bâtiment situé à la droite de ce monumental ouvrage de maçonnerie. À l'intérieur se trouvait le grand autel consacré au dieu-soleil. En franchissant la porte, Leonis, Montu et Menna baissèrent la tête avec humilité. En temps normal, seuls Pharaon et les célébrants du culte étaient autorisés à pénétrer dans cet endroit sacré. Mykérinos se tenait au centre de la salle. De nombreux prêtres l'entouraient. Le roi accueillit le sauveur de l'Empire avec un sourire ravi. Il marcha vers lui et posa une main sur son front dans un geste solennel. D'une voix empreinte d'émotion, il déclara :

— Bienvenue en ce lieu, enfant-lion. Je tiens d'abord à ce que tu sois assuré de ma reconnaissance éternelle pour ce que tu as déjà accompli. Tu as risqué ta vie pour le bien de l'Empire et tu as fait renaître l'espoir en moi.

— La survie de l'Empire est aussi ma survie, Pharaon. C'est avec une grande joie que je me présente devant vous pour vous remettre ce pendentif.

Leonis retira fébrilement le talisman des pharaons pour le tendre à Mykérinos. Ce dernier le prit avec délicatesse pour l'examiner. En apparence, cette amulette n'avait rien d'exceptionnel. Il s'agissait d'un simple cartouche façonné dans l'or. Sa surface se divisait en deux. Le nom du dieu-soleil ornait la partie supérieure, et l'inscription du bas montrait le symbole hiéroglyphique des pharaons. La chaîne à laquelle était suspendu le talisman était exagérément longue. Leonis avait dû faire un nœud pour la raccourcir de moitié. La main de Mykérinos tremblait légèrement. Ses yeux étaient pleins de larmes. Pour l'instant, cet objet banal était sans contredit le plus précieux de tous les joyaux d'Égypte. Le pharaon fit sauter le bijou dans sa paume. Il se tourna vers le vizir et soupira :

— Est-il possible que notre salut réside dans cet humble pendentif? J'avais imaginé que le talisman serait un joyau d'une splendeur incomparable.

— Le talisman n'est qu'une clé, Pharaon, répondit Hemiounou. Notre salut viendra lorsque les douze joyaux seront réunis sur la table solaire. La quête de l'enfant-lion ne fait que commencer. Je sais que les dieux nous observent. Ils ont choisi Leonis pour livrer l'offrande suprême et ils le guideront jusqu'à ce que la colère de Rê soit apaisée. C'est dans l'élu que se trouve notre rédemption.

— Que le nom de Leonis soit clamé dans chacune de nos prières, décréta Mykérinos. Que son existence soit longue et comblée de tous les ravissements.

La lumière du soleil inonda le temple. Le pharaon annonça :

— Le moment est venu d'ouvrir l'entrée de la chambre secrète, mes amis. Rê a encore remporté son combat contre les forces des ténèbres. Le dieu est levé ! Il est revenu éclairer la terre de ses feux et apporter la vie au peuple d'Égypte !

Ils traversèrent la salle et Mykérinos leur désigna une section de mur ornée d'une fresque. L'image aux couleurs vives représentait le dieu Aton. La cloison était lisse. Rien ne laissait deviner que ce mur cachait un passage. Le pharaon s'avança en indiquant du doigt une étroite fente aux rebords arrondis.

— Ce trou est destiné à recevoir le talisman des pharaons, expliqua-t-il. Au fil du temps, l'existence de cet endroit a sombré dans l'oubli. Sans les indications du messager de l'oracle, nous aurions eu bien du mal à le découvrir. Ce mur donne sur le grand obélisque qui s'élève dans la cour de culte. La chambre se trouve probablement à l'intérieur du socle de ce monument. Derrière cette cloison existe une pièce condamnée depuis cent cinquante ans. Je vous demanderais de demeurer à l'écart, mes amis: ce passage fut autrefois scellé par la puissance divine et, lorsque j'introduirai le talisman dans l'ouverture, il est probable que cette puissance se manifeste de nouveau.

Le groupe recula d'une quinzaine de pas. La main tremblante de Mykérinos logea le talisman des pharaons dans la fente. Lorsque ce fut fait, le roi alla aussitôt rejoindre les autres. Pendant d'interminables secondes, il ne se passa rien. Puis, lentement, le pan de la cloison qui dissimulait le passage se couvrit d'un faible ruissellement de lumière bleue. Leonis reconnut ce halo: durant son périple dans les souterrains, il s'était manifesté chaque fois qu'il unissait un nouveau fragment du talisman des pharaons au reste du pendentif. La lueur devint plus vive et un bourdonnement semblable à celui qu'aurait produit un essaim d'abeilles se fit entendre. Le flamboiement s'accentua à un point tel que tous ceux qui étaient présents durent se couvrir les yeux. Un vent violent souffla dans la salle, et la coiffe royale de Mykérinos fut arrachée de sa tête. Le bruit devint strident et intolérable. On eût dit le hurlement sans fin d'un supplicié. Le vent augmenta encore, repoussant les hommes vers le centre de la salle. Puis, d'un coup, tout cessa. Les regards se dirigèrent vers le mur qui encadrait désormais un rectangle noir. L'entrée de la chambre secrète était maintenant révélée.

Mis à part Leonis qui, tout au long de sa quête du talisman, avait assisté à des prodiges encore plus saisissants que celui qui venait de se produire, tous ceux qui se trouvaient dans la salle avaient ressenti un profond sentiment de crainte devant cette manifestation des dieux. Il ne restait aucun débris du bloc de pierre qui avait longtemps obstrué le passage. Le talisman des pharaons gisait sur le sol, à quelques pas du groupe. Mykérinos le ramassa pour le tendre à Leonis.

— Ce pendentif t'appartient, enfant-lion. Tu as surmonté de nombreux obstacles afin de l'obtenir. Les dieux ont décidé de ne pas le reprendre et j'ai la conviction que, dorénavant, cette amulette te portera chance. À mon avis, tu devrais peut-être remplacer la chaîne. Si l'on défaisait ce nœud horrible qui la rapetisse, elle pourrait certes convenir à un géant.

Leonis reprit l'objet avec une joie évidente.

— Je vous remercie, Pharaon. Le talisman représente beaucoup pour moi. Il symbolise la réussite de ma première mission. Lorsque je douterai de mes habiletés, je n'aurai qu'à le regarder pour me convaincre que tout est possible.

Le soldat Menna avait allumé une lampe et s'était prudemment approché de l'entrée qui donnait sur un étroit corridor. Il fouilla le passage du regard avant d'annoncer :

— La voie semble libre, messieurs. Ce corridor n'est pas très long. Je passerai devant vous si vous le permettez. Nous venons d'être témoins d'un événement suffisamment effrayant pour nous inciter à faire preuve de prudence.

17
L'ŒIL DU DIEU HORUS

Menna fut donc le premier à pénétrer dans la mystérieuse chambre. En entrant, il jeta un regard fugace sur les objets magnifiques qui décoraient l'endroit. Impressionné par ce qu'il voyait, il fit un faux mouvement et sa lampe heurta la cloison. La flamme vacilla et s'éteignit. Le jeune homme constata avec surprise qu'une faible lueur persistait dans la pièce sans fenêtre. Menna signala à Leonis qu'il pouvait venir. L'enfant-lion et Montu s'empressèrent de rejoindre le soldat. Ils ne purent apprécier la splendeur des lieux, car, dans la pénombre, les objets n'étaient que des silhouettes vagues. En s'avançant davantage, ils découvrirent rapidement la provenance de la chiche lueur qui s'infiltrait dans la chambre. Une ouverture avait été aménagée dans le plafond. Il s'agissait d'un large conduit d'aération qui semblait s'élever jusqu'au ciel. Sous cet orifice, il y avait un piédestal dépourvu d'éléments décoratifs, mais recouvert de brindilles et de fiente d'oiseaux.

— La chambre de la table solaire est située directement sous l'obélisque, affirma Leonis. Ce boyau débouche au sommet du monument. Regardez, mes amis, il y a quelque chose qui brille là-haut.

— On dirait des miroirs, fit remarquer Montu. À l'origine, ils devaient servir à orienter les rayons du soleil vers la base de ce puits. Maintenant, l'embouchure est remplie de saletés. Des générations d'oiseaux ont dû construire leurs nids au sommet de l'obélisque. Ce conduit aurait besoin d'un sérieux nettoyage.

— Pour l'instant, laissons les oiseaux en paix, Montu. Nous nous passerons de cet ingénieux dispositif. Quelques lampes suffiront amplement à nous éclairer.

— Je vais retourner dans la salle du grand autel pour rallumer ma lampe, proposa Menna. J'en remettrai une à tous ceux qui viendront se joindre à nous.

— C'est une excellente idée, acquiesça Leonis. J'ai bien hâte de jeter un œil sur cette fameuse table aux douze joyaux.

Le soldat quitta la chambre. Les deux garçons restèrent un moment sans bouger. Ils plissaient les yeux pour tenter de mieux percevoir ce qui les entourait.

— Cet endroit me donne froid dans le dos, murmura Montu. J'ai l'impression de profaner un tombeau. Je suis encore secoué par le prodige auquel nous avons assisté tout à l'heure. Avais-tu déjà observé une manifestation aussi ahurissante, Leonis ?

— Ces derniers temps, j'ai été témoin de phénomènes plus déroutants encore que celui-là… L'ouverture de la chambre ne m'a pas vraiment impressionné. Mais je suis très heureux d'avoir pu partager cette expérience avec toi, mon vieux. Maintenant, tu seras disposé à me croire quand je te ferai le récit détaillé de ma quête du talisman des pharaons.

— Tu sais, Leonis, je t'aurais cru de toute façon.

Leurs yeux s'habituant à la pénombre, ils explorèrent précautionneusement l'espace autour d'eux. Le regard de Montu fut attiré par une forme imposante qui se dressait dans un coin reculé de la pièce. Il s'agissait sans doute d'une statue. Sa surface diffusait de légers reflets dorés. Comme le garçon avançait à tâtons vers sa trouvaille, son pied buta contre un obstacle. Il trébucha et battit vainement l'air de ses mains pour tenter de garder son équilibre. La chute fut amortie par un objet mou qui se trouvait sur le sol. Il y eut quelques crépitements sinistres et le coude de Montu s'enfonça dans une membrane rêche et cassante comme les flancs d'un vieux panier.

— Que s'est-il passé? s'inquiéta l'enfant-lion.

— Je suis tombé, expliqua Montu sur un ton empreint de culpabilité. Je viens de démolir un truc et j'espère qu'il ne s'agit pas d'un objet important.

En parlant, il explorait la chose des doigts pour tenter d'en déterminer la nature. Lorsqu'il y parvint, un frisson glacial lui parcourut l'échine. Le garçon poussa alors un long hurlement d'effroi. Malgré l'obscurité et le fouillis qui régnaient dans la chambre, Leonis rejoignit rapidement Montu. Ce dernier s'agrippa désespérément à la tunique de son compagnon. Le malheureux essaya de parler, mais il n'émit qu'une succession de râles brefs et sifflants. La voix de Menna retentit dans le passage:

— Vous n'êtes pas blessés? cria-t-il tandis que la clarté tremblotante de sa lampe commençait à s'infiltrer dans la pièce.

Lorsque la lumière fut suffisante, Leonis put voir ce qui avait effrayé Montu. Il sentit ses cheveux se dresser sur sa tête et passa bien près de hurler à son tour. Sur les dalles gisait une momie. Sa peau racornie avait la teinte ocre de la cannelle. Le visage du mort n'était pas grimaçant. Ses paupières étaient closes et ses lèvres flétries laissaient entrevoir une rangée de dents encore blanches. Une certaine sérénité émanait du cadavre. Il était étendu sur le dos, ses bras squelettiques longeant sa frêle carcasse. Un pagne court ceignait sa taille et une écharpe rougeâtre était posée de biais sur sa poitrine. Montu éprouva une vive répulsion en constatant que son coude avait crevé l'abdomen de la momie. Fascinés par la dépouille, les deux amis ne remarquèrent pas que Menna, Hemiounou, Ankhhaef et Mykérinos les avaient rejoints.

— Ce n'était donc pas un mythe, constata Ankhhaef. La légende disait qu'un prêtre avait été enfermé dans cette chambre lorsque les dieux l'ont scellée.

— Ce cadavre est celui d'un prêtre-lecteur, fit le vizir. Son écharpe rouge en témoigne. En raison du climat aride qui règne dans cet endroit, son corps s'est momifié naturellement. Ce malheureux a dû passer des heures horribles avant son trépas. Pourtant, il semble s'être abandonné à la mort sans trop d'affolement.

— Il faudra veiller à lui offrir une sépulture convenable, décréta le pharaon. Le rite doit être observé afin que cet homme puisse exister et agir dans le royaume des Morts. Allez immédiatement aviser les prêtres du temple, mon cher Ankhhaef. Dites-leur de venir chercher cette dépouille.

Après cet épisode, ils entreprirent l'examen méticuleux de la chambre. La magnificence des lieux leur fit vite oublier la déplaisante découverte de la momie. La pièce était vaste et richement ornementée. Six colonnes cannelées supportaient le plafond haut. L'une des parois était entièrement recouverte de petits carreaux de faïence bleue. Des fresques montrant les divinités primordiales ornaient les autres murs. L'objet qui malgré l'obscurité avait capté l'attention de Montu était une colossale effigie en or du dieu-soleil. Elle était entourée de statues plus petites, mais néanmoins magnifiques, représentant Hathor, Osiris, Horus et Anubis. Une maquette du complexe funéraire du pharaon Djoser occupait une grande partie de la chambre. Elle avait été confectionnée avec une extraordinaire minutie. Selon le vizir Hemiounou, qui avait maintes fois visité ce sanctuaire édifié par le grand architecte Imhotep, aucun détail ne manquait dans cette reproduction.

À l'une des extrémités de la pièce, posée sur un socle en or richement ouvré, trônait la table aux douze joyaux. Il s'agissait d'un large cercle de granit rose et poli. La lueur des lampes faisait chatoyer la pierre. Sa surface semblait mouillée. L'axe de la table était mis en valeur par un cercle doré représentant le disque solaire. Des rayons, également en or, partaient de ce point central pour diviser la plaque en douze parts égales. Chacune de ces sections comportait un alvéole destiné à recevoir l'un des douze joyaux. Des symboles avaient été gravés dans ces cavités : un scarabée, un faucon, un chat, un bélier, une abeille, un œil, un lion, une vache, un héron, un babouin, un vautour et un cobra. Il y avait un rouleau de papyrus sur la table solaire. Le pharaon le prit et le déroula délicatement. Il fronça les sourcils avant de traduire, à voix haute, les mots qu'il contenait :

— Entre Khépri et Atoum-Rê, lorsque le dieu-soleil sera Rê, sa lumière devra caresser la tête d'Horus. L'œil d'Horus vous montrera où il faudra chercher.

— Qu'est-ce que cela veut dire ? demanda Hemiounou. Que faudra-t-il chercher ?

— Nous le saurons seulement lorsque nous l'aurons trouvé, déclara Mykérinos. Il est fort probable qu'il s'agit de l'un des joyaux. Le début de cette missive n'est pas difficile à comprendre : c'est sous les traits du dieu-soleil Khépri que Rê monte dans le ciel chaque matin. Quand le soleil est au zénith, Rê porte le seul nom de Rê. Ensuite, au moment où il amorce sa descente vers le royaume des ténèbres, il devient Atoum-Rê. Le message indique donc que, lorsque le dieu-soleil sera au milieu du ciel, sa lumière doit caresser la tête du dieu Horus... C'est dans ce passage que les choses se compliquent.

— Je crois que j'ai une idée de ce qu'il faut faire, avança timidement Montu.

— Que suggères-tu, mon garçon ? demanda le pharaon.

— Depuis que je suis entré dans cette chambre, je m'interroge à propos du conduit d'aération qui monte jusqu'au sommet de l'obélisque. Pour quel motif a-t-on aménagé une semblable ouverture ?

— C'est simple, Montu, dit Leonis. Il y a quelques jours, le grand prêtre Ankhhaef nous a expliqué qu'afin d'obéir à la volonté de Rê, cette chambre ne devait pas avoir de fenêtre. L'architecte a éludé les problèmes d'éclairage et d'aération en concevant ce puits.

— Selon moi, il était inutile pour les bâtisseurs de se donner autant de mal, répliqua Montu. Ils ne pouvaient pas savoir que cette chambre serait scellée et, avant que les divinités en bloquent l'accès, l'air entrant par le corridor devait être bien suffisant. Pour ce qui est de la lumière : quelques flambeaux auraient très bien pu faire l'affaire. Le puits est un ouvrage ingénieux qui a dû demander beaucoup de travail. À mon avis, il a été aménagé pour une raison plus sérieuse qu'un simple souci d'éclairage ou de renouvellement de l'air…

Montu se dirigea vers le conduit et il désigna le socle recouvert de fiente qui se trouvait juste en dessous.

— Ce piédestal n'est pas libre pour rien, messieurs, continua-t-il. Il y a là-bas une statue du dieu Horus. J'imagine qu'il faudrait la déposer sur cette base afin que le soleil puisse lui caresser la tête. Nous verrions ensuite ce qui se produirait.

— Ta théorie est géniale, mon vieux ! s'exclama Leonis. Toutefois, si nous voulons la vérifier, il faudrait aller faire un peu de nettoyage là-haut.

— Je m'en occupe, proposa Menna. Ce boyau est assez large pour que je m'y glisse. Je suis bon grimpeur et ces parois comportent de nombreuses pierres saillantes.

— Tout cela est extraordinaire, mes jeunes amis, déclara Mykérinos. Cependant, il faudra faire vite. Le soleil atteindra son point culminant dans quelques heures. Tu m'impressionnes, Montu ! À l'évidence, l'enfant-lion sait s'entourer de très brillants compagnons !

En rougissant, Montu baissa la tête. Jusqu'à tout récemment, le mépris, les coups et les injures avaient été son lot quotidien. C'est donc avec humilité et confusion qu'il accueillit cet éloge venant du plus important personnage de l'Empire.

Un échafaudage déniché dans l'une des dépendances du temple fut dressé sous le conduit d'aération. Comme il l'avait prétendu, Menna n'eut aucune difficulté à atteindre le sommet de l'obélisque. Des prêtres vinrent chercher le cadavre. D'autres donnèrent un coup de main pour rapprocher l'effigie d'Horus du piédestal. Le corps de la statue avait été sculpté dans le bronze, et sa tête de faucon était en or repoussé. On la transporta couchée, comme on l'aurait fait pour porter un sarcophage au tombeau. Leonis remarqua quelques détails qui étayaient la théorie de Montu. Sur la tête d'Horus, il y avait un trou dans lequel était disposé un jeu de petits miroirs. L'un des yeux du faucon avait été taillé dans une pierre translucide tandis que l'autre était d'un noir opaque. Les minuscules miroirs furent astiqués avec soin. On couvrit ensuite la tête d'Horus pour la préserver de la poussière abondante qu'engendraient les travaux de nettoyage du soldat Menna. Ce dernier devait faire preuve de prudence afin de ne pas abîmer les miroirs qui se trouvaient là-haut. À l'époque de la construction, de nombreuses ouvertures avaient été pratiquées dans le pyramidion du monument. Une fois ces trous libérés des nids d'oiseaux qui les encombraient, une vive clarté inonda le conduit d'aération. Il fallut attendre que la poussière retombe avant de procéder au décrassage des miroirs. Menna abandonna le puits pour faire une pause. Il était incroyablement sale, mais, étant donné la gravité de la situation, personne n'émit le moindre commentaire.

Le temps pressait. Un prêtre venait à intervalles réguliers leur indiquer la position de l'astre du jour. Lorsque Menna remonta afin de terminer son travail, le groupe ne disposait plus que d'une heure pour parachever la mise en place du dispositif. Ébloui par la lumière intense, le soldat fit de son mieux pour nettoyer les miroirs. Il redescendit au bout de vingt minutes, les yeux rougis. Il dut s'asseoir un bon moment avant de recouvrer une vision convenable. Les autres retirèrent l'échafaudage et ramassèrent les détritus qui s'étaient amoncelés autour du piédestal. La couche de fiente qui souillait le socle avait été grattée. On pouvait maintenant voir un carré peu profond creusé dans la pierre. Au prix d'un effort collectif considérable, la statue du dieu-faucon fut posée sur le socle. La base de bronze s'enchâssa parfaitement dans la cavité carrée. Le prêtre qui surveillait le soleil entra précipitamment dans la chambre. En hurlant presque, il annonça que Rê allait sous peu atteindre l'apogée de son ascension quotidienne.

L'anxiété était à son comble. On avait éteint les lampes qui ne servaient plus à rien. Tous les regards étaient fixés sur l'idole, dans l'espoir qu'elle révélerait l'emplacement du premier joyau de la table solaire. La clarté s'intensifia encore et, mis en évidence par la poussière en suspens, on vit un rayon jaillir de l'œil d'Horus. Il était dirigé vers la maquette du sanctuaire de Djoser. Le vizir Hemiounou se précipita vers la reproduction. Le faisceau lumineux désignait la chapelle funéraire du tombeau sud.

— Messieurs, annonça le vizir sur un ton solennel, la statue du dieu Horus a livré son secret !

— Bravo, Montu ! dit Leonis en ébouriffant les cheveux de son ami. Sans toi, nous serions probablement encore en train de réfléchir !

— Il est temps pour toi de rentrer à Memphis, enfant-lion, déclara le pharaon. Demain, Montu, Menna et toi irez à Saqqarah pour explorer la chapelle funéraire du tombeau sud. Ankhhaef vous accompagnera. Le vizir et moi attendrons votre retour avec impatience. Que les divinités vous protègent, mes amis !

Le pharaon et le vizir quittèrent rapidement le temple pour réintégrer la demeure royale d'Héliopolis. Le départ du souverain ne manqua pas d'attirer l'attention. Une cinquantaine de soldats l'escortèrent dans les rues de la cité. Leonis et ses compagnons demeurèrent quelques heures dans l'enceinte du sanctuaire. Menna se lava et enfila un pagne neuf. En mangeant, ils élaborèrent un plan pour retourner dans la capitale sans se faire remarquer par les adorateurs d'Apophis. Leonis et Ankhhaef emprunteraient le fleuve. L'enfant-lion serait caché dans un coffre qui serait transporté jusqu'à une embarcation amarrée au quai. Ce bateau était déjà lourdement chargé. Puisqu'il n'y aurait pas suffisamment de place pour eux, Montu et Menna rallieraient Memphis par la route.

Leonis échappa donc une nouvelle fois aux adorateurs d'Apophis. Ces derniers avaient surveillé le temple solaire durant de longues heures. Ils avaient assisté au départ du pharaon en scrutant la procession dans le but d'y reconnaître l'enfant-lion. Au chef de la troupe qui l'accompagnait, Hapsout avait affirmé que Leonis ne faisait pas partie du cortège. Il s'en fallut de peu pour que les ennemis de la lumière reviennent bredouilles de leur expédition. Si Hapsout n'avait pas aperçu Montu qui quittait nonchalamment le sanctuaire en compagnie de Menna, Baka aurait sans doute piqué une autre virulente colère. Hapsout fut ravi de reconnaître l'ancien esclave. L'artiste que le maître avait dépêché sur les lieux fixa l'image du garçon dans son esprit. Le jour même, il exécuterait son portrait avec précision. En dépit du fait que Montu constituait une cible facile, le chef de troupe décida qu'il ne fallait pas l'éliminer. Pas encore, du moins. Pour l'instant, il suffisait de suivre ce garçon. Bientôt, l'enfant-lion serait à leur portée.

18
LE CRI DE LA HYÈNE

Sans rien remarquer, Montu et Menna furent suivis jusqu'au palais royal de Memphis. À leur arrivée, Neferothep les avisa que l'enfant-lion passerait la nuit dans une hutte de pêcheur à l'écart de la capitale. Le lendemain, au lever du soleil, ils quittèrent de nouveau le palais afin de gagner le portail ouest. Menna profita de l'occasion pour saluer Senedjem. Ce dernier questionna son ancien collègue à propos de sa récente affectation. Le jeune soldat lui fit comprendre poliment qu'il ne pouvait rien lui révéler à ce sujet. Senedjem avait un nouveau compagnon qui ne semblait pas bien vigoureux. Il bâillait constamment et ses yeux étaient bouffis. À n'en pas douter, cet homme venait à peine de s'extirper du sommeil. Menna en déduisit que son vieux copain venait de trouver un acolyte à sa hauteur. Dorénavant, la surveillance nocturne du portail ouest n'aurait de surveillance que le nom. Les compagnons de Leonis prirent la direction de Saqqarah. Ils n'étaient pas bien loin du portail lorsque Senedjem salua distraitement un groupe d'ouvriers agricoles qui sortaient de la cité. Le vieux gardien ne leur accorda guère plus d'attention. Comment aurait-il pu deviner qu'il s'agissait en fait d'une troupe d'assassins ? Deux ânes transportaient leurs outils dans de grands paniers. Sous les outils, il y avait des armes. Les faux ouvriers hésitèrent un moment, puis ils aperçurent Montu et Menna qui marchaient d'un pas lent sur la route menant au désert. Les adorateurs d'Apophis attendirent que les jeunes gens s'éloignent davantage avant de poursuivre leur filature.

Réduit à l'esclavage depuis sa tendre enfance, Montu n'avait jamais eu l'occasion de voir la pyramide à degrés de Djoser d'aussi près. Il fut vivement impressionné par la dimension du monument. Menna lui assura que les tombeaux de Khéops et de Khéphren étaient nettement plus imposants, mais l'adolescent demeurait égaré dans sa contemplation. Bouche bée, il ne pouvait détacher son regard de la colossale pyramide d'un blanc aveuglant, qui s'élevait au centre du complexe funéraire. Ils longèrent la très longue allée conduisant à l'entrée. La saisissante muraille à redans entourant le sanctuaire semblait avoir été façonnée dans un seul bloc. Chacune des pierres qui la composaient avait été taillée avec une incroyable précision. Menna expliqua à Montu que l'enceinte comportait de multiples portes qui n'étaient en fait que des simulacres. Une seule d'entre elles donnait accès au complexe. Ce matin-là, cette entrée unique était gardée par quatre soldats. Exceptionnellement, le site serait inaccessible aux visiteurs durant une grande partie de la journée. Ankhhaef et Leonis se trouvaient déjà dans le sanctuaire. Les nouveaux venus traversèrent le long portique supporté par de magnifiques colonnes. Ils débouchèrent ensuite dans la grande cour de culte. L'enfant-lion et le grand prêtre s'affairaient à l'extrémité ouest de l'enceinte. Montu et Menna les rejoignirent.

Leonis salua ses compagnons avant de dire, sur un ton où pointait un soupçon de découragement :

— Nous sommes ici depuis deux heures. Ankhhaef et moi avons examiné cet endroit de fond en comble et nous n'avons toujours rien découvert. Il n'y a rien à l'intérieur qui puisse nous éclairer. Cette chapelle n'abrite qu'une statue du roi Djoser, et les murs ne montrent aucune aspérité.

— L'objet que nous cherchons se trouve peut-être dans le tombeau, avança Menna.

— Je n'ai guère envie de jouer les pilleurs de tombes, soupira Leonis. De toute manière, il est impossible d'entrer dans la chambre funéraire. Selon Ankhhaef, il faudrait des semaines pour briser le bouchon de granit qui en interdit l'accès.

Indécis, ils restèrent un long moment à observer la chapelle du tombeau sud. La frise de cobras qui surmontait sa façade était magnifique, mais Leonis eut la désagréable impression que ces serpents de pierre se moquaient de lui. Ils entrèrent tous les quatre afin de continuer les recherches.

Après deux autres heures d'infructueuse inspection dans une chaleur de four, le grand prêtre Ankhhaef s'impatienta :

— Cela suffit, mes braves. Si cet endroit cache vraiment quelque chose, c'est dans les murs qu'il faudra le chercher. Je demanderai la permission à Pharaon de faire extraire chaque pierre de cette chapelle. Nous la rebâtirons ensuite. Il s'agira sans conteste d'un sacrilège, mais, à mes yeux, le sort de l'Égypte est plus important que tout.

— Nous ne cherchons probablement pas au bon endroit, soupira Leonis.

— L'œil d'Horus indiquait pourtant ce bâtiment, rappela Montu.

— Tu as raison. Mais le temple de Rê a été érigé il y a plus d'un siècle. Avec le temps, les miroirs destinés à faire dévier la lumière du soleil à l'intérieur de la chambre auront peut-être bougé. Si le dispositif a été faussé, nous aurons bien du mal à retrouver les joyaux.

— Si c'est le cas, nous ne pourrons éviter le grand cataclysme, murmura Ankhhaef en secouant la tête avec dépit.

— Il faut malgré tout garder espoir, déclara l'enfant-lion. L'œil d'Horus a peut-être perdu un peu de sa précision, mais tout porte à croire que ce que nous cherchons se trouve dans ce complexe funéraire. En formant des équipes de fouille, nous finirons probablement par découvrir une piste. La tâche sera ardue. Mais nous n'avons guère le droit d'abandonner.

En sortant du sanctuaire, Leonis avait la mine bien basse. Il devançait ses compagnons en marchant d'un pas brusque et rapide. Notre jeune héros avait besoin d'être seul. En dépit des dernières paroles qu'il avait prononcées, il n'était pas convaincu de pouvoir retrouver la trace des douze joyaux. Un affreux doute le tourmentait. Il songeait qu'après tout, l'œil d'Horus pouvait leur avoir indiqué le bon endroit. Toutefois, au fil de toutes ces années, bien des gens avaient eu l'occasion de mettre la main sur le mystérieux objet qui était censé se trouver dans la chapelle. Cette chose pouvait être n'importe où, désormais.

Ils venaient de s'engager sur la route qui menait à Memphis lorsque Leonis s'immobilisa devant le pylône d'un petit temple dédié à Bastet. Durant sa quête du talisman des pharaons, l'enfant-lion avait vu la déesse-chat en chair et en os. Après lui avoir attribué le pouvoir de se transformer en lion, elle avait affirmé au sauveur de l'Empire qu'elle serait toujours là pour lui. Depuis ce jour, Leonis n'avait qu'à prononcer trois fois de suite le nom de Bastet pour se changer aussitôt en puissant fauve blanc. Néanmoins, il savait que sa protectrice n'interviendrait pas pour résoudre le problème auquel il était maintenant confronté. Dans sa grande magnanimité, Rê avait confié les douze joyaux aux hommes. Le dieu-soleil permettait ainsi au peuple d'Égypte de laver ses plus graves offenses. Le salut du royaume reposait donc entre les mains des mortels. Les divinités n'avaient pas à s'en mêler ; et l'enfant-lion se rendait parfaitement compte qu'il ne pouvait rien espérer de la déesse-chat. Malgré tout, il s'approcha d'une statue de bronze qui représentait Bastet jouant du sistre. Il se recueillit un moment devant elle. Sans faire de bruit, Montu vint le rejoindre. Ankhhaef et Menna demeurèrent respectueusement à l'écart. Leonis leva les yeux vers son ami et, abandonnant enfin son mutisme, il lui avoua ses craintes:

— Je suis vraiment découragé, Montu. Je n'ai certes pas l'intention de baisser les bras. Seulement, pour que la quête des joyaux s'amorce, il faudrait au moins savoir par où commencer. À mon avis, le roi Djoser a fait montre d'une trop grande assurance en dissimulant le premier indice ou le premier joyau dans son sanctuaire. J'ignore comment c'était il y a cent cinquante ans, mais, aujourd'hui, des centaines de curieux vont chaque jour visiter ce site. Si la chose que nous cherchons a réellement été cachée dans la chapelle du tombeau sud, il est fort probable qu'elle ne s'y trouve plus.

— Je ne peux pas le croire, Leonis. Ce que nous devons trouver est beaucoup trop important pour avoir été considéré à la légère. Le roi Djoser n'a certainement pas voulu exposer cet objet à la vue de tout le monde. Nous devons réfléchir encore, mon ami. J'ai l'impression qu'un détail nous échappe.

— Nous verrons bien, Montu. Puisses-tu avoir raison…

L'enfant-lion fut interrompu par un cri épouvantable qui retentit au cœur d'une palmeraie longeant la route. Il s'agissait d'un ricanement aigu et nasillard. Leonis et Montu sursautèrent. Ils scrutèrent ensuite les environs avec inquiétude.

— Qu'est-ce que c'était ? demanda Montu.

— On aurait dit le cri d'une hyène, répondit Leonis. L'animal est peut-être dressé. Certains chasseurs utilisent la hyène pour débusquer et traquer le gibier. Je crois cependant qu'il vaudrait mieux rejoindre les autres. Si cette bête est à l'état sauvage, nous ne devons prendre aucun risque.

Montu se dirigea vers Menna et Ankhhaef. Le soldat avait empoigné l'arc qu'il portait en bandoulière. L'arme était déjà prête à projeter sa flèche. Leonis s'attarda un peu. Il avait aperçu une silhouette dans les fourrés. Lorsqu'il entendit l'avertissement de Menna, il était déjà trop tard. Il vit un archer qui le visait. Il put même voir le trait mortel qui filait vers lui. Une douleur fulgurante déchira la poitrine de l'enfant-lion. La flèche l'avait percuté à l'endroit du cœur. Impuissants et horrifiés, ses compagnons le virent s'écrouler et disparaître dans les hautes herbes.

19
L'EMBUSCADE

Montu hurla de toutes ses forces. Il voulut se précipiter vers son ami, mais Ankhhaef le retint fermement. L'archer qui venait d'abattre Leonis se dressait sur un rocher. Il poussa un cri de triomphe et il s'étrangla lorsque la flèche de Menna fouilla sa chair. Les yeux de l'homme s'arrondirent de stupéfaction et il tomba de son perchoir pour aller s'écraser lourdement dans les buissons. D'autres ricanements retentirent. Les adorateurs d'Apophis se montrèrent. Ils étaient nombreux. Ankhhaef poussa Montu dans un fossé et le maintint face contre terre dans le but de le protéger. L'adolescent se débattait furieusement. Il voulait venger Leonis. Il criait comme un dément pour que le prêtre relâche son étreinte. Menna avait déjà sorti une autre flèche de son carquois. Il banda son arc pour faucher un second ennemi. Le soldat bougeait la tête dans toutes les directions afin de dénombrer ses adversaires. Il en compta onze avant d'être à son tour pris pour cible. Menna se mouvait avec rapidité. Il jouait de ses pieds et de ses hanches avec la grâce d'un acrobate. Pas une parcelle de son corps ne demeurait plus d'une seconde au même endroit. Trois flèches le ratèrent tandis qu'il en décochait deux. Les projectiles du jeune combattant réduisirent à neuf le nombre des antagonistes. Il ne restait qu'une paire d'archers dans la bande des adorateurs d'Apophis. Menna les avait repérés. Il les laissa tirer, évita leurs flèches et répliqua avant même que ses adversaires aient eu le temps de puiser dans leurs carquois.

Les hommes de Baka se replièrent légèrement. Ceux qui restaient n'étaient équipés que de lances. Puisque l'enfant-lion avait été abattu, il valait peut-être mieux prendre la fuite. L'extraordinaire guerrier qui venait d'éliminer six de leurs camarades semblait invincible. De plus, il disposait sans doute de plusieurs autres flèches. Une fois projeté, un javelot était, pour ainsi dire, perdu. Celui qui ratait sa cible se retrouvait alors désarmé. Malheureusement pour ceux qui hésitaient, le chef de la bande était toujours vivant et il fit entendre un ricanement de hyène pour ordonner à ses hommes d'attaquer. Trois d'entre eux surgirent de leurs cachettes pour se ruer vers le combattant qui se trouvait hors de la portée des lances. Ils mordirent la poussière avant même d'avoir lâché leurs javelots.

Durant un court instant, Menna se crut tiré d'affaire. Il ne lui restait que trois adversaires à supprimer. Il attendait l'ultime attaque quand le cri de la hyène se répercuta de nouveau sur les rochers environnants. Cette fois-ci, cependant, l'appel semblait provenir d'un peu plus loin. Bientôt, il y eut une cacophonie de clameurs stridentes. Menna sentit son sang se glacer lorsqu'il vit la meute de véritables hyènes qui couraient dans sa direction. Il hurla à Ankhhaef d'aller s'abriter dans le temple dédié à Bastet. Le grand prêtre se leva et entraîna Montu avec lui. Le soldat tua cinq bêtes avant de se précipiter vers une éminence rocheuse qu'il entreprit d'escalader pour échapper à la sinistre meute. Il s'empêtra le pied dans une racine et alla choir sur le sol. Son arc fut projeté à quelques coudées devant lui. En levant la tête, le jeune homme se rendit compte que les bêtes l'avaient presque rejoint. Il ne pourrait plus échapper à l'horrible assaut des carnassiers. Menna serra les dents. Il tira son poignard afin de défendre chèrement sa vie. C'est à ce moment qu'il vit surgir le lion blanc.

Emporté par une fureur dévastatrice, le magnifique fauve se jeta sur la meute glapissante. D'ordinaire, la hyène ne craint pas d'attaquer le lion. Toutefois, à cet instant, un fait étrange se produisit devant les yeux de Menna. Tandis que le lion blanc décimait leur groupe, les charognards montraient les crocs avec rage, mais sans oser riposter. À l'évidence, les hyènes auraient voulu bondir sur le félin. Cependant, elles n'attaquaient pas. On aurait dit qu'elles ne le pouvaient pas. Il y eut un appel dans la palmeraie. Menna vit un homme se dresser. Les hyènes qui étaient en état de le faire se précipitèrent dans sa direction. Cet individu était sans doute leur maître. Le lion blanc se lança brièvement à la poursuite des quelques carnassiers qui restaient. Puis, constatant sans doute que tout danger était écarté, il revint lentement vers le soldat. Sa robuste encolure était maculée de sang. Impressionné, Menna observa son sauveur, qui s'immobilisa à quelques pas de lui. L'animal était splendide. Ses muscles tressaillaient sous son pelage blanc. Il avait des yeux verts comme des émeraudes. Le lion poussa un profond rugissement avant de détaler. Il s'engouffra dans les fourrés bordant le chemin. Le jeune homme l'entendit rugir trois fois.

Menna ramassa son arc. Les trois adorateurs d'Apophis qui avaient survécu étaient déjà loin. Le brave combattant avait la vie sauve, mais il se sentait méprisable. L'enfant-lion avait péri par la flèche d'un ennemi. Le protecteur du sauveur de l'Empire avait failli à sa tâche. Menna traversa la route jonchée de cadavres pour se diriger vers l'endroit où était tombé Leonis. Il fouilla les hautes herbes et, à sa grande surprise, il ne trouva aucune trace de l'adolescent.

— Vous cherchez quelque chose ? fit une voix derrière lui.

Le soldat se tourna pour apercevoir Leonis qui affichait un large sourire.

— Leonis ! s'exclama Menna. C'est un… un prodige ! J'ai vu une flèche vous atteindre ! Vous… vous ne semblez même pas blessé !

— N'ayez crainte, Menna, je ne dois guère la vie à une quelconque sorcellerie. J'ai juste eu une chance incroyable. La flèche m'aurait transpercé le cœur si elle n'avait pas heurté cette merveilleuse chose…

Leonis désignait le talisman des pharaons. L'impact de la flèche avait légèrement déformé le pendentif. L'enfant-lion continua :

— Sans cette amulette, j'aurais rejoint le royaume des Morts. Ma poitrine est très douloureuse, mais, dans quelques jours, je ne sentirai plus rien. J'ai eu le privilège d'assister à vos exploits, Menna. Vous m'avez sidéré !

— Vous êtes passé à un cheveu du trépas, Leonis, répondit le combattant. Je ne vous ai pas protégé convenablement. Vous m'avez trouvé habile, mais je ne suis pas très satisfait de moi. Heureusement que le lion est intervenu : les hyènes s'apprêtaient à me mettre en lambeaux. Je dois la vie à cette bête. D'où vient ce lion blanc ? Comment a-t-il pu savoir que nous étions menacés ?

— Il m'est impossible de répondre à ces questions, mon ami. Ce lion me protège. C'est tout ce que je peux dire. Contentons-nous de croire qu'il est envoyé par les dieux... Pour le reste, vous n'aviez aucune chance d'empêcher cet archer de m'atteindre. Nous sommes tombés dans une embuscade. Nos ennemis étaient prêts et nous avons été surpris. Si vous n'êtes pas satisfait de votre travail, sachez que, moi, je le suis. Personne n'aurait mieux réagi que vous en pareilles circonstances. À vous seul, vous avez supprimé neuf adorateurs d'Apophis et cinq de leurs immondes charognards. Comment pourrais-je me passer d'un guerrier de votre trempe ? Venez, Menna. Il est temps d'aller retrouver nos compagnons. Ils doivent sérieusement s'inquiéter.

— Ils sont dans le temple. J'espère qu'ils vont bien. En ce moment, ils croient probablement que nous sommes tous les deux morts.

En entrant dans la cour du lieu sacré, Leonis héla Montu et Ankhhaef. Ces derniers sortirent d'une chapelle pour se précipiter à sa rencontre. Évidemment, ils furent abasourdis de le voir vivant. L'enfant-lion leur expliqua que le talisman des pharaons avait arrêté la flèche, et le grand prêtre y vit aussitôt une intervention divine. Après de brèves accolades, ils retournèrent à l'extérieur pour examiner les corps de leurs ennemis. La marque au fer rouge qui ornait leur torse ne laissait planer aucun doute sur l'identité de ces individus. Menna récupéra ses flèches, et les cadavres furent traînés à l'écart du chemin. Le commandant Neferothep serait averti. Des hommes viendraient s'occuper des dépouilles. En rentrant à Memphis, Leonis semblait songeur et un peu triste. Montu devina ce qui tracassait ainsi son ami. Il posa une main sur son épaule pour lui dire :

— C'est un beau gâchis, n'est-ce pas ?

— Oui, approuva l'enfant-lion. Aujourd'hui, des hommes sont morts. C'était eux ou nous. Menna n'avait pas d'autre choix que de les éliminer. Naïvement, j'avais espéré qu'une telle scène ne se produirait jamais. Maintenant, la mort marche à nos côtés, mon vieux. Bientôt, je le crains, des flots de sang inonderont notre route.

20
LE RETOUR D'ESA

Au palais royal de Memphis, ce premier assaut des adorateurs d'Apophis avait suscité bien des questionnements. La visite de Leonis au complexe funéraire de Djoser avait pourtant été entourée du plus grand secret. Toutes les précautions avaient été prises afin de déjouer l'espion. De quelle façon les hommes de Baka avaient-ils été mis au courant? Bien entendu, Leonis et Montu ne pouvaient soupçonner que Hapsout, leur ancien et odieux contremaître, faisait maintenant partie des ennemis de la lumière. En dépit du fait qu'ils avaient triomphé de leurs antagonistes, l'enfant-lion et ses compagnons étaient décontenancés. Certes, ils en savaient désormais davantage sur les adorateurs d'Apophis. Ils avaient été attaqués par des membres du groupe d'élite de Baka: les Hyènes. Neferothep avait été stupéfait d'apprendre que ces scélérats étaient secondés par de vraies hyènes.

Le commandant avait envoyé quelques soldats sur les lieux de l'embuscade pour examiner les cadavres. Les corps humains avaient disparu. Il ne restait que ceux des bêtes. Une flèche ayant appartenu à l'un des assassins avait été retrouvée. Sa pointe était enduite de poison. Leonis et ses compagnons en savaient donc un peu plus sur les adorateurs d'Apophis. Toutefois, ces détails ne faisaient que confirmer la soif meurtrière qui animait les ennemis de la lumière.

Dehors, il faisait nuit. Leonis était assis dans la salle principale de sa demeure. Dans une pièce voisine, Montu jouait aux dés avec Raya et Menna. Deux jours s'étaient écoulés depuis qu'ils avaient réintégré l'enceinte du palais royal. L'enfant-lion était anxieux. Il craignait de ne jamais retrouver le mystérieux objet qui lui permettrait d'amorcer sa quête des douze joyaux. Le grand prêtre Ankhhaef avait déjà réuni une équipe pour examiner chaque parcelle de la chapelle du tombeau sud. Dans son for intérieur, Leonis avait la conviction que ces recherches n'aboutiraient à rien. Le sauveur de l'Empire était plongé dans ces réflexions pessimistes lorsque Mérit entra dans la salle principale. La jeune servante affichait un sourire espiègle. Elle s'avança vers l'enfant-lion pour lui annoncer à voix basse:

— Dans les jardins, il y a quelqu'un qui voudrait bien te rencontrer.

— Qui est-ce? interrogea Leonis en fronçant les sourcils.

— J'ai cru reconnaître en elle une jolie princesse.

— Esa! Est-ce bien d'elle qu'il s'agit?

Mérit acquiesça d'un signe de tête. Le garçon se leva d'un bond. Fébrilement, il ajusta sa tunique et lissa ses cheveux devant un grand miroir de cuivre poli. Il se tourna ensuite vers la jeune fille pour demander:

— Suis-je présentable?

— Pas vraiment, Leonis, mais, dehors, il fait très noir.

Mérit pouffa de rire. L'adolescent fit mine de chasser une mouche avant de se précipiter vers la sortie.

Esa l'attendait dans l'allée. Il s'avança vers elle en faisant de son mieux pour masquer son trouble.

— Bonsoir, enfant-lion, dit la princesse. Puisque le talisman des pharaons brille sur votre poitrine, je présume que je devrai vous appeler ainsi, dorénavant.

— Si vous le désirez, vous pouvez également m'appeler Leonis, princesse Esa. Ce nom m'a été donné par mes parents. Mon père Khay le prononçait avec fierté, ma mère Henet le murmurait avec tendresse et, dans la bouche de ma petite sœur Tati, il résonnait comme un air de fête... J'aime bien mon nom, car ceux que j'ai aimés n'ont connu que celui-là.

— Je vous appellerai donc Leonis, trancha Esa. J'espère que ma façon de dire votre nom me permettra de rejoindre un jour, dans vos heureux souvenirs, ces gens qui vous l'ont fait aimer.

— Vous faites déjà partie de mes heureux souvenirs, avoua Leonis en rougissant.

— J'avais bien hâte de vous revoir, mon ami. J'étais tellement inquiète à votre sujet ! Je le suis toujours, d'ailleurs. Je frissonne en songeant à ce qui vous est arrivé il y a deux jours. Dès que mon père a reçu la nouvelle de l'attaque, il a jugé plus prudent de m'envoyer ici. Grâce au commandant Neferothep, la sécurité de ce palais est sans égale. J'ai quitté Héliopolis ce matin. En ce moment, les domestiques me croient endormie. Comme d'habitude, je me suis faufilée par une fenêtre pour descendre dans les jardins.

— Vous êtes incorrigible, princesse Esa. Plus que jamais, vos promenades nocturnes dans ces jardins pourraient mettre votre vie en péril. Au cours de notre première rencontre, vous vous êtes moquée de moi lorsque j'ai essayé de vous faire entendre raison à ce sujet. L'un des hommes de Baka se balade peut-être dans cette enceinte. Si vous tenez vraiment à sortir, il vous faudrait une escorte.

— Votre compagnie me suffit amplement, Leonis. Si vous êtes capable de sauver un énorme empire, vous n'aurez sans doute aucun mal à préserver du danger la délicate princesse que je suis. Et puis, je n'ai guère envie d'être encadrée par une bande de soldats. Cela atténuerait probablement la magie de nos tête-à-tête. Ne trouvez-vous pas ?

— Votre présence m'enchante, princesse. Si vous éprouvez le désir de vous promener la nuit, je ne peux rien faire pour vous en empêcher. Mais j'ose espérer que vous ne quitterez plus secrètement le palais dans le seul but de me rencontrer. Si vous agissez encore ainsi, sachez que je renoncerai volontiers au plaisir de vous voir.

Ils s'assirent sur un banc de pierre se trouvant à proximité du grand bassin. Durant un moment, ils écoutèrent les stridulations cadencées des criquets. Le parfum d'Esa était subtil et émouvant. Leonis aurait aimé que la nuit soit plus claire. Dans l'obscurité, il ne pouvait distinguer chaque détail du magnifique visage de la princesse. Une grenouille lança trois coassements rauques. En effleurant la pierre du banc, la main d'Esa toucha celle de son compagnon. Était-ce un hasard ? Probablement pas. Leurs doigts se soudèrent sans hésitation. À cet instant précis, l'enfant-lion aurait voulu que le temps se fige à tout jamais.

— J'ignore ce qui m'arrive, murmura Esa. Je ne vous ai vu qu'une seule fois avant ce soir. Pourtant, je ne cesse de penser à vous. Je sais que je ne devrais pas me hasarder à l'extérieur du palais. Seulement, si je veux vous voir, je dois venir seule. Personne ne doit être au courant de notre amitié, Leonis. Raya et Mérit sont mes meilleures amies. Elles savent garder un secret. Il ne faudrait pas que mes parents sachent que…

Esa laissa planer un silence embarrassé. En délaissant la main de la jeune fille, Leonis acheva sa phrase :

— … que vous fréquentez un ancien esclave ! C'est ce que vous vouliez dire, princesse Esa ?

Elle se mordit les lèvres et chercha de nouveau la main de l'enfant-lion. Elle ne la trouva pas. D'une voix émue, la princesse reprit :

— Vous êtes très précieux pour nous, Leonis. Mon père vous trouve admirable et ma mère éprouve un grand respect pour celui qui sauvera l'Égypte. Mykérinos est prêt à tout vous accorder. Seulement, je suis la fille du roi. Une princesse doit se rallier aux gens de son rang. Je ne peux décider de mon sort. Personnellement, votre passé m'importe peu. Si je l'évoque, quelquefois, en songeant à vous, c'est pour maudire les souffrances que vous avez subies. Vous besogniez telle une bête de somme sur le chantier de ma future demeure. Vous avez souffert à cause de moi. Je détruirais ce maudit palais pierre par pierre pour recevoir votre pardon. Ne m'en veuillez pas, Leonis. Ne me privez pas de votre amitié.

L'enfant-lion s'était levé pour marcher jusqu'au bord du bassin. Le cœur serré, il regardait le croissant de lune qui brillait dans l'eau calme. Il n'était pas fâché. Il n'avait aucun droit d'être déçu. Esa avait raison: il n'était pas de son rang. Même si son passé avait été différent, même s'il était devenu scribe au lieu de devenir esclave, jamais Mykérinos n'aurait approuvé une telle fréquentation. Peu de garçons avaient le privilège de connaître la princesse. Lui, il avait tenu sa main fine dans la sienne. Il s'agissait déjà d'un immense honneur. Non, vraiment, Leonis n'avait guère le droit d'être déçu. Pourtant, il l'était. Il respira très fort pour chasser la boule qu'il avait dans la gorge, puis déclara:

— Vous n'êtes pas responsable des misères que j'ai endurées, princesse Esa. Vous n'avez pas fait de moi un esclave. Je l'étais avant. J'ai une révélation à vous faire. Là-bas, sur le chantier, je travaillais dans l'atelier aux ornements. J'étais sculpteur. En raison de mon habileté, le chef d'équipe m'avait attribué une tâche très importante. Je devais travailler sur les plus belles statues. Lorsque vous irez habiter dans votre palais, vous pourrez apprécier mon ouvrage. Ces sculptures sont magnifiques et, je vous le jure, je n'ai presque rien à y voir. Un sculpteur habile ne peut pas gâcher une œuvre lorsque le sujet qui l'inspire est d'une incomparable beauté. Mon sujet à moi, c'était votre visage, princesse. Jour après jour, durant un an, votre divine figure m'a accompagné dans la poussière, au milieu des cris et sous le soleil accablant. J'ai essayé de vous détester, mais je n'y suis jamais parvenu. Quelquefois, la vue de votre visage mettait du baume sur mes douleurs. Votre image a souvent allégé mes souffrances. Je crois bien que je vous aimais, princesse Esa. Mon amour pour vous existait déjà bien avant notre première rencontre dans les jardins qui nous entourent.

Esa pleurait. Leonis s'approcha d'elle et, d'un geste plein de tendresse, il lui caressa les cheveux. Elle leva les yeux. Malgré la pénombre, il put voir les larmes qui ruisselaient sur ses joues. Il prit son menton délicat dans sa paume avant de poursuivre :

— Sachez que je ne vous en veux pas, princesse. Je ne peux cependant vous accorder mon amitié. En cherchant à me rencontrer, il pourrait vous arriver quelque chose de fâcheux. La volonté de vos parents doit être respectée.

— Que fait-on de ma volonté à moi ? rétorqua-t-elle en reniflant. Raya et Mérit ont plus de liberté que je n'en aurai jamais ! Bientôt, je posséderai un palais. J'ai des bijoux d'une valeur inestimable, des domestiques et des porteurs… Je nage dans la richesse, Leonis. J'y nage avec difficulté et je m'y noie peu à peu. Je veux une petite maison. Une toute petite maison au bord du Nil. Je veux chérir des enfants qui ne deviendront jamais des reines ou des pharaons. Je veux un époux que j'adorerai et que personne n'aura choisi à ma place. Ces derniers temps, je rêve à ce compagnon que je n'aurai jamais : nous nous tenons, lui et moi, devant la porte de notre petite demeure construite sur la rive du grand fleuve. Il m'enlace doucement et je vois un grand bonheur briller dans ses splendides yeux verts… Oui… Vous avez bien compris, Leonis… Je vous aime aussi.

— C'est imp… impossible, princesse Esa. Vous ne pouvez m'ai… m'aimer. J'ai tant espéré vous entendre prononcer ces paroles, mais, au fond de moi, je savais bien que ce souhait était insensé. Je suis un ancien esclave, princesse. J'ai eu mal, tout à l'heure, lorsque j'ai réellement pris conscience du fossé qui nous sépare. Seulement, il est là, ce fossé. Et nous ne pouvons rien faire pour le combler.

— Ces mots sont-ils dignes du sauveur de l'Empire, Leonis ? À ce qu'il paraît, vous avez surmonté bien des épreuves pour acquérir le talisman des pharaons. Vous aurez encore bien des obstacles à franchir pour préserver l'Égypte du grand cataclysme. J'ai la conviction que, cette fois-ci encore, vous réussirez. Vous accomplissez des choses impossibles, mon ami. Vous savez désormais que mon cœur vous appartient. Lorsque les douze joyaux auront été retrouvés, je veux devenir le sujet de votre prochaine quête. Ce fossé qui nous sépare, vous le comblerez. Vous convaincrez Mykérinos de vous accorder ma main. Si vous renoncez à le faire, je comprendrai alors que les douces paroles que vous avez prononcées ce soir ont dépassé vos sentiments.

Esa se leva. Elle essuya ses yeux et ajusta sa robe. Leonis ne bougeait pas. Il était déchiré. La princesse l'aimait et il frémissait de bonheur à cette pensée. Malheureusement, ce que la jeune fille lui demandait était irréalisable. L'enfant-lion ne dit rien. Esa s'approcha de lui. Ils se touchaient presque. L'haleine de la belle sentait le jujube. Elle murmura:

— Puisque tel est votre désir, je ne viendrai plus vous rencontrer. Nous nous reverrons sûrement dans d'autres lieux, mais nous ne serons pas libres de discuter comme nous l'avons fait ce soir. Je vous attendrai, Leonis. En guise d'au revoir, laissez-moi vous offrir ceci…

La princesse Esa s'étira sur la pointe des pieds afin de déposer un baiser sur les lèvres tremblantes de l'enfant-lion.

21
HAPSOUT PART EN MISSION

Le temple des Ténèbres était bondé. Ce n'était pas un soir de cérémonie, mais Baka avait convoqué ses sujets pour leur faire part d'une grande nouvelle. Cette fois, le maître des adorateurs d'Apophis ne se trouvait pas sur le balcon du haut duquel, d'ordinaire, il haranguait la foule. Il se dressait plutôt au centre de l'arène. Quatre soldats l'accompagnaient. Comme d'habitude, le maître fut longuement ovationné. Il exhorta l'assemblée au silence et, durant un moment, il regarda les gradins en affichant un sourire satisfait. Ensuite, il observa les hommes qui étaient avec lui. Les quatre combattants se tenaient bien droit. Une fierté manifeste se lisait dans leurs yeux. De sa paume ouverte, Baka les désigna à la foule en s'exclamant :

— Mes amis, ces quatre hommes sont des combattants exceptionnels ! Il y a deux jours, ces soldats, ainsi que neuf de leurs camarades, ont participé à une embuscade qui avait pour but d'éliminer l'enfant-lion. Mais, avant de vous raconter leurs exploits, je veux que vous sachiez que ce guet-apens n'aurait jamais eu lieu sans la contribution d'un jeune homme qui nous a mis sur la piste de Leonis. Hier encore, cet individu était considéré comme un profane. Ce soir, il est parmi nous et il revêt la tunique noire des adorateurs d'Apophis ! Son nom est Hapsout ! Désormais, vous lui accorderez tout le respect qui revient aux adorateurs du grand serpent !

Baka leva les bras et Hapsout fut chaudement applaudi. Ce dernier demeura assis. Intérieurement, il jubilait. Il s'efforçait toutefois de n'en rien laisser paraître. Il levait le nez d'une manière arrogante, ayant l'air de dire : « Je sais que je suis le meilleur et je n'ai pas besoin de vos applaudissements. » L'ancien contremaître avait hâte de savoir ce qui s'était passé au cours de l'embuscade. Le sourire de Baka en disait long. L'enfant-lion était probablement mort et c'était sans doute pour cette raison que tous les adeptes avaient été convoqués. La foule se tut et le maître reprit la parole :

— Hapsout a identifié le meilleur ami de l'enfant-lion ! Ce garçon, qui se nomme Montu, pouvait nous mener à Leonis ! Nos hommes l'ont donc pris en filature ! Le lendemain, ce petit chenapan a quitté Memphis en direction de Saqqarah ! Il était accompagné d'un soldat du nom de Menna. Notre espion m'avait déjà signalé la présence de cet homme qui, récemment, a été affecté à la protection du sauveur de l'Empire ! La filature a conduit notre brigade jusqu'au complexe funéraire de Djoser. J'ignore ce que l'enfant-lion allait faire à cet endroit ! Depuis quelque temps, notre espion est tenu en échec. Au palais, les gens ont commencé à se méfier de lui. Avant la visite de Leonis au temple d'Héliopolis, l'Ombre m'a fait parvenir de fausses informations. Si Hapsout n'avait pas reconnu ce Montu, nous n'aurions pas pu attaquer Leonis. Oui, mes amis ! Nos hommes sont parvenus à attaquer le sauveur de l'Empire ! J'imagine que vous brûlez tous d'entendre le récit de cet assaut ! Les quatre soldats qui m'accompagnent dans l'arène m'ont rapporté chaque détail de cette sanglante lutte. En arrivant ici, ces combattants étaient exténués ! À leur entrée dans la salle du trône, les premiers mots qu'ils ont prononcés ont été : « L'enfant-lion est mort d'une flèche en plein cœur ! »

D'un coup, tous les adorateurs d'Apophis se levèrent. Le temple des Ténèbres trembla sous la poussée d'une extraordinaire clameur. Une agréable chaleur se répandit dans le dos de Hapsout. Des larmes de joie mouillèrent ses yeux. Sur les gradins, les gens s'enlacèrent avec allégresse. En bas, la porte d'enceinte s'ouvrit et une quinzaine de soldats armés de javelots s'avancèrent sur la surface sablonneuse. Ils vinrent former un rang au pied de la muraille. Le maître attendit un peu avant de demander le silence. Lorsque ce fut fait, il reprit son discours :

— Votre réaction me rend heureux, mes amis ! Vous pouvez donc comprendre la joie que j'ai ressentie en apprenant la mort de Leonis ! Je vous avais promis d'exhiber la tête du sauveur de l'Empire le jour où il tomberait sous nos armes. Malheureusement, je n'aurai pas ce plaisir ! Nos hommes n'ont pas pu ramener la tête du gamin avec eux. Il faut dire qu'ils ont passé un bien rude moment en s'attaquant à l'enfant-lion ! Leonis est tombé le premier. Ensuite, le combattant Menna a tué neuf de nos hommes. À cet instant, le dresseur Ouni, qui se trouve à mes côtés, a décidé de lâcher ses hyènes. Menna a tué cinq bêtes avant de trébucher. J'aimerais bien recruter un semblable guerrier. Je pourrais même lui suggérer de se joindre à nous, parce que, même si cela peut sembler difficile à croire, ce brillant soldat n'est pas mort!... Il paraît qu'un énorme lion blanc a surgi du néant pour anéantir les hyènes d'Ouni! J'ai vu les quelques bêtes qui ont survécu à l'attaque du félin. Les morsures qu'elles portent leur ont vraisemblablement été infligées par un très gros animal. Donc, je peux admettre l'histoire du lion. Je m'interroge toutefois sur son arrivée providentielle au beau milieu de l'affrontement...

Baka resta songeur quelques secondes, puis il prit une grande respiration avant de continuer:

— Puisque le sauveur de l'Empire avait été assassiné, les quatre soldats que vous avez sous les yeux ont cru bon de s'enfuir. Le redoutable Menna était maintenant secondé par un fauve sanguinaire! Valait-il la peine de continuer le combat? Ne risquions-nous pas de perdre quatre autres guerriers? De prime abord, je me suis dit que ces hommes avaient accompli leur mission. Ce qui importait, au fond, c'était la mort de Leonis! Mon cœur était rempli de mansuétude à l'égard de ces soldats! J'étais heureux, mes amis. Je me sentais aussi euphorique que vous l'étiez, tout à l'heure, lorsque je vous ai annoncé cette bonne nouvelle! Je vous ai exposé fidèlement ce que ces quatre combattants m'ont raconté il y a deux jours. Vous pouvez donc imaginer ma déception lorsque, ce matin, j'ai reçu un message de l'Ombre m'annonçant que l'enfant-lion serait toujours vivant et en parfaite santé!

Un murmure outré parcourut l'assemblée. Incrédules, les quatre hommes qui avaient participé à l'embuscade regardaient leur maître avec stupeur. Baka ne souriait plus. Il serrait rageusement les mâchoires. Les soldats qui avaient attendu à proximité du mur d'enceinte vinrent encercler leurs malheureux camarades. Le chef des adorateurs d'Apophis fit quelques pas en fixant le sol. Il asséna quelques coups de pieds dans le sable avant de déclarer:

— Ces hommes vont mourir! Au début de mon allocution, je vous ai affirmé qu'il s'agissait de combattants exceptionnels! À dire vrai, tout ce qu'ils possèdent d'exceptionnel, c'est leur incomparable lâcheté! Comment ont-ils pu prendre la fuite sans s'assurer que l'enfant-lion était bel et bien mort? Cette petite peste était à leur portée! Et puis, comment se fait-il que mes troupes d'élite soient aussi médiocres? Treize hommes se sont fait battre par un seul! Vous étiez tous avertis du châtiment qui vous attendait en cas d'échec! Dans quelques jours, ces quatre hommes seront livrés en offrande au grand serpent! Ils ont reculé devant l'ennemi et, à cause d'eux, Mykérinos sait qu'il y a des couards parmi nous! Ces poltrons auraient mieux fait de périr sous les flèches de Menna plutôt que de revenir ici! Maintenant, ils devront payer de leur vie la honte qu'ils nous font subir!

D'un pas furieux, Baka quitta l'enceinte. En implorant à grands cris la clémence du maître, les quatre condamnés furent escortés jusqu'aux cachots. Le temple des Ténèbres se vida lentement. La consternation et la peur se lisaient sur le visage des adeptes.

Le lendemain, Hapsout fut de nouveau reçu par le maître Baka. Cette rencontre se déroula dans une luxueuse pièce attenante à la salle du trône. Le chef des adorateurs d'Apophis était seul. L'ancien contremaître s'avança timidement dans la chambre. Il salua Baka sur un ton cérémonieux. Ce dernier l'invita à s'asseoir et il lui offrit du vin avant de prendre la parole:

— Tu as meilleure mine, Hapsout. Es-tu satisfait du traitement qui t'est accordé?

— Oui, maître Baka. Mon logis est confortable et je mange bien. Mais ce qui m'enchante plus que tout, c'est de compter désormais parmi vos sujets.

— Tu as mérité ma considération, Hapsout. Les informations que tu nous as fournies sur l'ami de Leonis se sont révélées très importantes. Grâce à toi, nous avons pu lancer une attaque contre l'enfant-lion. Malheureusement, comme tu le sais, cette attaque a échoué. Ce qui me met en colère, c'est d'imaginer que nous ne pourrons sans doute plus tirer profit d'une semblable occasion. À l'avenir, nos ennemis feront preuve d'une plus grande prudence. Je dois donc élaborer d'autres stratégies. Si nous ne pouvons aller à Leonis, il faudra que Leonis vienne à nous.

— Il le fera sans doute lorsque sa petite sœur sera entre nos mains.

— Tu as tout compris, jeune homme. Plus nos recherches s'amorceront rapidement, meilleures seront nos chances de retrouver cette pouilleuse avant que nos adversaires le fassent. Ta mission débutera donc demain. Hay et Amennakhté seront désormais sous tes ordres. Ta tâche sera difficile. L'Égypte est grande et nous ne savons pas dans quelle région se trouve Tati.

— Je sais que Leonis est originaire de Thèbes, maître Baka. Si vous le permettez, j'entamerai mes recherches dans ce secteur. Je fouillerai chaque baraque pour retrouver cette gamine!

— Tu as ordre de me la ramener vivante, Hapsout. J'ai déjà une petite idée de ce que nous allons faire de la petite Tati.

22
UN ÉCLAIR DE GÉNIE

Depuis quelques jours, Leonis ne mangeait presque plus et il avait bien du mal à trouver le sommeil. Non seulement il songeait à Esa, mais il était hanté par la crainte de ne plus pouvoir rien faire pour sauver l'Empire. Au complexe funéraire de Djoser, l'équipe formée par Ankhhaef avait passé une semaine entière à examiner centimètre par centimètre la chapelle du tombeau sud. Ses efforts n'avaient donné aucun résultat. Afin de ne rien laisser au hasard, on commencerait bientôt à démolir le bâtiment. Dans cette entreprise résidait peut-être l'ultime chance de retrouver la trace des douze joyaux. Si ces fouilles se révélaient vaines, il ne resterait plus qu'à compter les jours avant la fin des fins. Leonis se réfugiait dans la solitude. L'inaction attisait sa colère. C'est au péril de sa vie qu'il avait mis la main sur le talisman des pharaons. Était-il possible que cette quête n'eût servi à rien? Plus que jamais, l'enfant-lion était convaincu que le dispositif de la chambre secrète avait perdu toute précision. Le roi Djoser avait sans doute cru que le temps ne pourrait guère altérer son ingénieux système et, en faisant preuve d'une semblable vanité, il avait empêché ses descendants d'assurer leur salut.

Leonis déambulait dans les jardins lorsqu'il aperçut le scribe Senmout dans un pavillon. Assis en tailleur, l'homme écrivait. L'enfant-lion s'approcha de lui. Le scribe leva la tête et le toisa d'un regard méprisant.

— Je ne voulais pas vous déranger, expliqua Leonis. J'avais juste envie de vous regarder écrire.

— Bien sûr! répliqua Senmout avec un rire grinçant. Pour un ignare comme toi, ces drôles de symboles doivent représenter quelque chose de fascinant!

— Vous croyez que je suis stupide, n'est-ce pas?

— Est-ce que les poissons du Nil savent nager?

— Puisque les poissons du grand fleuve savent nager, il est certain que les esclaves ne savent pas lire! Mais oui! C'est évident, scribe Senmout! Heureusement que vous êtes là pour m'instruire! Que ferais-je sans vous?

L'homme poussa un soupir d'exaspération. D'une voix tranchante, il déclara :

— Écoute-moi bien, petit sot ! Jusqu'à cet instant, j'ai eu le privilège de ne pas te rencontrer. Je ne t'aime pas particulièrement, Leonis ! Les autres te considèrent comme un dieu et je ne peux rien changer à cela. Pour moi, ta présence en ces lieux est un sacrilège. Ils comprendront l'ampleur de leur folie lorsqu'ils constateront que, somme toute, tu n'es qu'un être insignifiant. En attendant ce jour, profite bien de la chance que tu as, négligeable esclave.

L'enfant-lion fut secoué par ces cruelles paroles. En apercevant le scribe, il avait songé à son défunt père, qui exerçait également ce métier. C'est la nostalgie qui l'avait poussé à s'approcher de Senmout. Leonis aurait voulu parler des écritures avec cet homme. Il le connaissait de réputation, mais il ne s'était certes pas attendu à un pareil accueil. Sa figure devint rouge d'indignation. Il renonça cependant à répliquer. Il n'avait pas à justifier sa présence au palais. Ce personnage le détestait et il n'aurait rien pu dire qui pût le faire changer d'avis. L'adolescent tourna les talons pour rentrer chez lui. Décidément, tout allait de travers depuis quelque temps ! En se dirigeant vers sa demeure, il rencontra Tcha. Le bossu avait le corps souillé de terre et il suait à grosses gouttes. Malgré tout, il salua chaleureusement Leonis. L'enfant-lion se dit que, quelquefois, l'existence était étrange. Senmout crachait son fiel sur les gens sans raison apparente. Tcha, lui, était toujours gentil. Pourtant, s'il existait un être qui pouvait s'accorder le droit de détester l'humanité entière, c'était bien ce pauvre bossu.

Leonis alla retrouver Menna et Montu dans la salle principale de la maison. Il leur raconta sa désagréable rencontre avec le scribe Senmout.

— Cela ne me surprend pas, déclara Menna. Cet homme est vraiment exécrable. Vous avez bien fait de ne pas riposter, Leonis. Il ne faut pas prendre ses propos au sérieux. Senmout méprise un peu tout le monde, je crois.

— Quand tu sauveras l'Empire, ce scélérat ravalera ses paroles, assura Montu.

— C'est bien ce qui me trouble, mon vieux, fit l'enfant-lion en soupirant. Au rythme où vont les choses, tout indique que l'avenir donnera raison à ce type. Je ne suis probablement pas à la hauteur d'une telle mission.

— Vous ne pouvez pas dire cela, Leonis, protesta Menna. Pour l'instant, les événements échappent à votre contrôle. Personne ne pourrait faire mieux à votre place. Il ne nous manque qu'une clé pour poursuivre cette aventure. Cette clé, nous la trouverons. Senmout serait bien content de vous voir accablé de la sorte. Cet homme déteste l'existence. S'il se plaît ainsi à dire des choses négatives, c'est sans doute parce qu'il ne peut supporter de voir du bonheur dans les yeux de ses semblables.

— Et si Senmout était ce traître à la solde de Baka? suggéra Montu. Une telle attitude doit certainement cacher quelque chose. Je n'ai encore jamais vu ce type, mais, d'après ce que vous dites de lui, il a l'étoffe d'une canaille.

— C'est possible, Montu, répondit Leonis. Mais, avant de suspecter qui que ce soit, il faudrait avoir la preuve que cet espion existe bel et bien.

— Vous croyez que cet informateur pourrait ne pas exister? interrogea Menna.

— C'est une probabilité, en effet. Rien n'indique que Baka puisse obtenir des renseignements sur ce qui se passe actuellement au palais. Selon le vizir, il y a déjà eu un espion ici. Seulement, cet individu opère-t-il encore de nos jours?

— Nous avons pourtant été attaqués, dit Montu.

— C'est vrai. Mais nous ne pouvons affirmer qu'un espion est à l'origine de cette agression. À mon avis, les indications qui ont conduit les adorateurs d'Apophis jusqu'à nous n'émanaient pas de l'intérieur de l'enceinte du palais. Nous avons pris toutes les précautions nécessaires avant de partir à Saqqarah. J'ai passé la nuit dans une hutte que nous avons choisie au hasard, Ankhhaef et moi. Vous n'aviez aucune idée de l'endroit où j'étais. Neferothep non plus. Le commandant ne savait même pas que nous devions nous rendre au complexe funéraire. Il devait simplement vous aviser que, cette nuit-là, je dormirais ailleurs. Donc, les informations ne pouvaient pas provenir d'ici. À Saqqarah, quatre soldats gardaient l'entrée. Ces gardes n'avaient pas la moindre idée de ce que nous allions faire dans le complexe, et, s'ils avaient eu un quelconque rapport avec nos ennemis, je serais sans doute mort bien avant votre arrivée sur les lieux. Lorsque nous avons su que nous devions nous rendre au sanctuaire de Djoser, nous étions nombreux dans la chambre secrète. Nous étions accompagnés de Pharaon, d'Ankhhaef, de Hemiounou et de quelques prêtres. Le traître se trouvait-il parmi ces gens ? J'en doute fort… D'après moi, les adorateurs d'Apophis n'ont pas eu à chercher bien loin pour obtenir des informations.

Il y a peu de temps, un jeune inconnu nommé Leonis est venu s'installer dans l'enceinte de ce palais. On lui a offert une splendide maison et, depuis ce jour, on le traite comme un prince. Les domestiques et les soldats de la garde royale ont reçu la consigne de demeurer discrets à propos de l'enfant-lion. Seulement, peut-on vraiment croire que cette directive soit scrupuleusement respectée ? Ma présence ici pique certainement la curiosité des gens. Il doit y avoir bien des ragots qui circulent à mon sujet. La nouvelle de l'existence de l'enfant-lion doit commencer à se répandre au-delà des murailles qui nous entourent. On doit également parler de vous, mes amis. Même s'il n'y a aucun espion dans notre entourage, je pense que, désormais, il sera très difficile d'agir dans la discrétion. Il ne fait aucun doute que Baka a posté des hommes autour du palais. Les adorateurs d'Apophis savent sûrement qui vous êtes. Alors, lorsque vous êtes venus me rejoindre au complexe funéraire de Djoser, ils n'ont eu qu'à vous suivre pour parvenir jusqu'à moi. C'est sans doute de cette façon qu'ils ont pu nous surprendre.

— Nous ne pouvons en être sûrs, intervint Menna, mais ce que vous avancez est tout à fait plausible, Leonis. À l'avenir, Montu et moi devrons faire preuve d'une plus grande prudence. Surtout que, dorénavant, les adorateurs d'Apophis n'auront plus besoin d'un espion pour nous identifier. Quatre d'entre eux ont survécu à l'affrontement. Ces hommes connaissent nos visages. Pour ce qui est de ce mystérieux informateur, nous saurons bientôt s'il existe. En ce moment, nos ennemis ne sont pas censés savoir que vous êtes toujours vivant. Lorsque la flèche vous a touché, j'étais moi-même convaincu que vous aviez rejoint le royaume des Morts. À n'en pas douter, les hommes de Baka avaient également cette certitude au moment où ils ont fui. Si les adorateurs se manifestent de nouveau, ce sera parce qu'ils auront été informés de votre retour au palais par quelqu'un de l'intérieur.

— Qui nous dit qu'ils ne nous auront pas pris en filature après l'attaque? demanda Montu. Ce faisant, ils auraient très bien pu constater que Leonis était toujours vivant.

— Une fois l'enfant-lion abattu, expliqua le soldat, nous n'avions plus le moindre intérêt pour ces sales individus. Je donnerais ma tête à couper qu'ils ne sont pas restés dans les parages. Ils devaient avoir trop hâte d'annoncer à leur maître que le sauveur de l'Empire n'existait plus.

— Si j'avais pu réfléchir une seconde, déclara Leonis, nous aurions pu faire croire à mon assassinat. Nos ennemis me croyant mort, il m'aurait suffi de ne pas rentrer au palais et de me terrer dans un lieu secret. Le grand prêtre Ankhhaef aurait pu m'organiser des funérailles fictives. Par la suite, j'aurais eu les coudées franches pour continuer ma quête. En fait, je me demande si nous ne devrions pas quitter cet endroit, mes amis. Ici, il y a trop de gens autour de nous. Puisque tout indiquait qu'un traître œuvrait en toute impunité dans cette enceinte, j'ai du mal à comprendre les raisons qui ont motivé Pharaon à m'y installer.

— C'est pourtant simple, Leonis, dit Montu en se levant pour marcher dans la pièce. Tu n'es plus esclave, mais tu demeures toujours prisonnier. Ton cachot est très confortable, ta tâche est bien plus noble, mais, à l'évidence, tu n'es pas libre, mon ami. La survie de l'Égypte est entre tes mains. Pharaon ne peut guère prendre le risque de te perdre. Selon Menna, la sécurité de ce palais demeure excellente même lorsque Mykérinos ne s'y trouve pas. À ce qu'il paraît, ce n'est pas le cas pour toutes les demeures royales. Et puis, s'il y a un espion, ce dernier doit avoir accès à tous les palais du royaume. Nous pourrions aller habiter n'importe où, Leonis; je crois bien que cela n'empêcherait jamais ce personnage de continuer son sale travail.

Montu s'immobilisa devant le grand miroir de cuivre. Il prit une posture noble, esquissa un sourire fier et passa une main dans sa chevelure aux reflets roux.

— Cesse de t'admirer ainsi, mon vieux ! lança Leonis en riant. Tu risques de faire ternir ce magnifique miroir !

— Je ne m'admire pas, répliqua Montu. J'admire seulement mon reflet.

L'enfant-lion sursauta. Ses traits exprimèrent une immense stupeur. Il se donna une puissante claque sur la cuisse avant de pousser un long cri de triomphe. Il se leva et, sous les yeux ahuris de ses compagnons, commença à danser. Leonis mit un terme à sa suite de déhanchements burlesques pour enlacer son ami avec force. D'une voix remplie d'allégresse, il déclara :

— Montu ! Mon brave Montu ! Tu es vraiment le plus génial des garçons ! Il faut tout de suite partir pour Héliopolis ! Grâce à toi, la quête des douze joyaux pourra peut-être s'amorcer !

23
HORUS VISAIT JUSTE

Leonis n'avait rien dit de plus à ses compagnons. Il les avait aussitôt entraînés au poste de garde afin de rencontrer Neferothep. Le sauveur de l'Empire avait demandé au commandant de lui fournir une troupe de soldats pour l'escorter jusqu'au temple solaire d'Héliopolis. Puisque les adorateurs d'Apophis pouvaient maintenant l'identifier, l'enfant-lion ne se souciait plus de demeurer discret. Les paroles de Montu lui avaient inspiré une brillante théorie et il était impatient de la vérifier. À sa grande déception, ils durent attendre jusqu'au lendemain avant d'entreprendre leur périple. Le grand prêtre Ankhhaef les rejoignit dans la soirée et on envoya un messager pour avertir Mykérinos. Ankhhaef tenta de connaître les motifs de tout ce chambardement, mais Leonis refusa de s'avancer, estimant qu'il pouvait encore se tromper. Les trois compagnons se couchèrent très tôt, ce soir-là. Ils eurent bien du mal à s'endormir.

Le cortège se mit en route à la naissance du jour. Du palais royal jusqu'au port de Memphis, Leonis et Montu furent encadrés par un groupe de solides gaillards. Les gardes formaient un cercle compact autour de leurs protégés. Aucune flèche n'aurait pu les atteindre. Menna demeurait un peu en retrait. Dans le groupe d'hommes désignés par Neferothep, il avait reconnu le soldat Djâou. Ce dernier fut heureux de revoir la jeune recrue. Tous deux se serrèrent la main et discutèrent un long moment sur un ton jovial.

Le voyage vers Héliopolis se déroula sans incident. Les trois barques transportant l'enfant-lion et son escorte accostèrent le quai du temple de Rê. Leonis fut étonné de voir la foule qui se massait le long de l'allée menant au lieu de culte. Des soldats de la garde royale tenaient ces curieux en respect. Ankhhaef expliqua :

— Pharaon est sans doute déjà à l'intérieur de l'enceinte. La dernière fois que nous l'avons rencontré, son arrivée ici avait eu lieu dans le plus grand secret. Aujourd'hui, il ne pouvait malheureusement pas agir de la sorte. Chaque déplacement du roi est un grand événement pour ses sujets. Ces gens sont là dans l'espoir d'apercevoir le fils de Rê.

— Cela n'a pas vraiment d'importance, grand prêtre, rétorqua Leonis. Il m'apparaît désormais dérisoire de tenter de me soustraire aux regards. Les hommes de Baka savent maintenant qui est l'enfant-lion. Ici, il y a trop de soldats. Si nos ennemis se trouvent dans le secteur, ils n'oseront certes pas s'en prendre à nous. De plus, puisque Mykérinos est ici, ma présence dans le cortège ne pourra guère éveiller les soupçons de ceux qui ne savent pas que l'Empire est menacé. Personne ne songera que les soldats qui nous accompagnent sont, en réalité, affectés à ma garde personnelle. Nous passerons probablement pour vos domestiques, Montu et moi.

Ils quittèrent les embarcations pour se diriger vers le temple. Les regards se posèrent principalement sur Ankhhaef. Tel qu'il l'avait prédit, l'enfant-lion passa tout à fait inaperçu. Les soldats ne franchirent pas le pylône. Ils formèrent un rang devant l'entrée du sanctuaire. Une grande fébrilité s'était emparée de Leonis. De tout son cœur, il espérait que sa théorie lui permettrait de mettre enfin un terme à l'incertitude qui le tourmentait. Mykérinos et Hemiounou les attendaient dans la cour de culte. La curiosité se lisait dans leurs yeux. Le pharaon accueillit le sauveur de l'Empire en déclarant :

— Pour moi, c'est toujours un immense bonheur de te revoir, enfant-lion ! Je suis certain que le vizir partage cette joie ! Nous brûlons cependant de connaître la raison de cette convocation !

— Que Votre Majesté et l'honorable vizir Hemiounou soient assurés de la vénération que j'éprouve pour eux, dit Leonis en s'inclinant. J'ai eu une inspiration, mon roi ! J'espère avoir vu juste afin que cette journée s'achève dans la réjouissance ! Il faudrait que nous retournions dans la chambre qui abrite la table solaire. Je crois que nous y trouverons ce que nous cherchons !

Mykérinos s'empressa d'accéder à la demande de Leonis. Ils pénétrèrent donc de nouveau dans la formidable pièce destinée à recevoir les douze joyaux. Des prêtres l'avaient nettoyée de fond en comble. L'encens embaumait l'endroit. Dans la vive lumière provenant du sommet de l'obélisque, les statues dorées scintillaient de mille feux. D'un geste, Leonis signala aux autres de l'attendre devant le socle qui supportait dorénavant l'effigie du dieu Horus. Il s'approcha de la reproduction du complexe funéraire de Djoser pour l'examiner avec attention. Sa vérification dura une minute ou deux. Les membres du groupe ne pouvaient voir ce qu'il faisait. Lorsqu'il revint vers eux, l'enfant-lion semblait satisfait. Il affichait un large sourire. Notre héros invita les occupants de la chambre à se regrouper tout près de la maquette. Il laissa planer un silence insupportable avant de prendre la parole :

— Messieurs, je dois admettre que j'ai eu très peur de ne jamais pouvoir me lancer sur la piste des douze joyaux. Plusieurs questions m'ont hanté ces derniers jours. Je me suis entre autres demandé si, après tant d'années, l'œil d'Horus avait pu conserver sa précision d'origine. Nous pouvions en douter. Le rayon indiquait la chapelle du tombeau sud, mais, comme vous le savez tous, nos recherches là-bas se sont révélées infructueuses. L'idée lumineuse que j'ai eue hier m'a été inspirée par une phrase de mon cher ami Montu. Ce dernier se regardait dans un miroir. Pour plaisanter, je lui ai dit qu'il allait faire perdre son éclat au miroir s'il ne cessait pas de se regarder dedans. Alors, Montu a répliqué : « Je ne m'admire pas. J'admire seulement mon reflet. » Ces mots peuvent vous sembler banals, messieurs, mais ils m'ont permis de voir les choses sous un angle différent. Le jour où l'œil d'Horus nous a indiqué la chapelle du tombeau sud, nous avons tous compris que nous devions nous rendre à Saqqarah. Il s'agissait d'une évidence, puisque le rayon de lumière indiquait ce lieu ! Nous avons été leurrés, messieurs ! Car, tout comme Montu qui, hier, regardait son reflet, l'œil d'Horus nous indiquait le reflet de la chapelle du tombeau sud. Nous avons cherché le mystérieux objet dans la véritable chapelle alors qu'il avait tout bonnement été dissimulé sous sa reproduction !

L'enfant-lion souleva la petite chapelle de bois. À la stupéfaction générale, le trou qu'elle cachait fut révélé. Leonis plongea la main dans l'orifice pour s'emparer du long étui cylindrique qu'elle contenait. D'une voix émue, il déclara :

— L'œil d'Horus n'avait rien perdu de sa précision, messieurs ! Le dieu-faucon fixait exactement le bon endroit ! C'est simplement nous qui étions aveugles !

— Tu es sensationnel, mon vieux ! s'exclama Montu.

— Et dire que vous doutiez de vous ! renchérit Menna.

Le sauveur de l'Empire reçut humblement les éloges du pharaon et du vizir. Étranglé par l'émotion, le grand prêtre Ankhhaef le serra sur son cœur. Ce fut Mykérinos qui procéda à l'ouverture de l'étui. L'objet était en cuir épais. Il contenait un rouleau de papyrus. Ce rouleau fut déployé sur la table solaire. Leonis entreprit de le lire à voix haute:

— Quatre prêtres ont emporté un coffre chacun. Chaque coffre contient trois joyaux. Le scarabée, le faucon et le chat reposent dans la gueule du grand chien noir qui domine le marais des Démons. Le premier coffre vous indiquera où se trouve le second.

— Ce n'est pas très clair, observa le pharaon.

— J'ai déjà entendu parler du marais des Démons, annonça le vizir. Je n'étais encore qu'un enfant à cette époque. Le père de mon père m'avait raconté une histoire qui se déroulait à cet endroit. Mon souvenir est bien vague, mais je me rappelle que j'étais très effrayé! Cela se passait dans un marécage lugubre et habité par des créatures maléfiques. Ce n'était qu'un récit, bien sûr. Je n'aurais jamais songé que cet endroit existât réellement.

— À mon avis, nous devrons une nouvelle fois entamer des recherches, soupira Ankhhaef. Puisque ce marais est mentionné sur le papyrus, il doit probablement se trouver quelque part. J'espère seulement que son emplacement n'aura pas sombré dans l'oubli.

— Au moins, nous possédons maintenant un indice, reprit Leonis d'une voix enthousiaste.

J'en avais plus qu'assez de l'inaction ! Si ce marais existe, nous le trouverons !

— Et si cet endroit était réellement habité par des démons ? avança Montu avec inquiétude.

— Si c'est le cas, répliqua Menna, ces vilaines créatures auront intérêt à se tenir à carreau !

— Sache que je suis très fier de toi, enfant-lion, dit Mykérinos en posant une main sur l'épaule de Leonis. Demain, une fête sera organisée en ton honneur dans les jardins du palais royal de Memphis. J'y serai. Nous livrerons de généreuses offrandes au dieu Ptah et à son épouse Sekhmet. Nous prierons ces divinités pour qu'elles vous guident et vous protègent, toi et tes compagnons.

Le groupe quitta la chambre secrète. Avant d'emprunter le couloir, Leonis jeta un dernier regard sur la table aux douze joyaux. Il eut un léger vertige en observant les alvéoles vides qui la creusaient. L'aventure ne faisait que commencer. Combien d'épreuves l'attendaient encore ? Au prix de quelles souffrances parviendrait-il à combler les douze sections de la table solaire ? L'enfant-lion caressa machinalement le talisman des pharaons. Il s'efforça de sourire avant de rejoindre les autres.

La grande fête promise par le pharaon Mykérinos eut effectivement lieu le lendemain. Tous les domestiques du palais royal de Memphis furent invités à prendre part aux célébrations. Les soldats de la garde vinrent festoyer par petits groupes avant de retourner à leurs postes. Le trône du roi avait été installé sur une petite estrade qui jouxtait le grand bassin. Sa grande épouse Khamerernebty et la princesse Esa étaient assises à ses côtés. Ce jour-là, Mykérinos présenta sa fille Esa au sauveur de l'Empire. Les joues de la princesse se teintèrent de rose. Ses yeux évitèrent le regard vert de l'enfant-lion. Ce dernier salua solennellement la belle en faisant comme s'il ne l'avait jamais vue. Ce moment fut troublant. Il ne dura que l'espace d'un souffle, mais Leonis comprit avec tristesse que, parmi les gens de la cour, Esa et lui ne pourraient jamais échanger autre chose que de froides salutations. Sans les promenades nocturnes de la princesse dans les jardins, jamais plus il ne pourrait se délecter de la douceur de ses mots.

Toute la journée, des acrobates, des danseurs et des musiciens vinrent charmer les yeux et les oreilles des gens qui se trouvaient là. La nourriture et les boissons furent distribuées à satiété. Au coucher du soleil, le rythme des festivités ralentit un peu. Leonis, Montu et Menna étaient assis dans l'herbe fraîche. Une délicieuse torpeur s'était emparée d'eux. Le ciel, presque pourpre, donnait la couleur du vin à l'eau calme du grand bassin. De très nombreux flambeaux conféraient aux jardins un aspect féerique. La vie, à cet instant, était d'une incroyable beauté. Leonis songea que, parmi tous ces ravissements qui l'entouraient, rien n'était plus beau que le doux visage d'Esa.

LEXIQUE DIEUX DE L'ÉGYPTE ANCIENNE

Apophis : Long de cent coudées (environ cinquante-deux mètres), le grand serpent mythique Apophis cherchait toujours à anéantir le soleil Rê. Ennemi d'Osiris, Apophis était l'antithèse de la lumière, une incarnation des forces du chaos et du mal.

Aton : Dieu secondaire connu depuis toujours en Égypte comme une manifestation du dieu-soleil Rê. On représentait Aton par un disque solaire. Ses rayons en forme de bras protégeaient et bénissaient les hommes.

Atoum : Atoum s'engendra par sa propre substance au cœur des eaux primordiales (le Noun). Il fut à l'origine des divinités principales. Atoum partageait avec Ptah l'image du potier, du créateur et de l'artisan du monde.

Bastet: Aucune déesse n'était aussi populaire que Bastet. Originellement, Bastet était une déesse-lionne. Elle abandonna toutefois sa férocité pour devenir une déesse à tête de chat. Si le lion était surtout associé au pouvoir et à la royauté, on considérait le chat comme l'incarnation d'un esprit familier. Il était présent dans les plus modestes demeures et c'est sans doute ce qui explique la popularité de Bastet. La déesse-chat, à l'instar de Sekhmet, était la fille du dieu-soleil Rê. Bastet précéda la déesse grecque Artémis, divinité de la nature sauvage et de la chasse.

Hathor: Déesse représentée sous la forme d'une vache ou sous son apparence humaine. Elle fut associée au dieu céleste et royal Horus. Sous l'aspect de nombreuses divinités, Hathor fut vénérée aux quatre coins de l'Égypte. Elle était déesse de l'Amour. Divinité nourricière et maternelle, on la considérait comme une protectrice des naissances et du renouveau. On lui attribuait aussi la joie, la danse et la musique. Hathor agissait également dans le royaume des Morts: au moment de passer de vie à trépas, les gens souhaitaient que cette déesse les accompagne.

Horus: Le dieu-faucon. Fils d'Osiris et d'Isis. Horus était le dieu du Ciel et l'incarnation de la royauté de droit divin. Successeur de son père, Horus représentait l'ordre universel, alors que Seth incarnait la force brutale et le chaos.

Khépri: Divinité de la Renaissance quotidienne, Khépri était représenté sous l'aspect d'un scarabée. Il incarnait le lever du soleil, tandis que Rê représentait le milieu du jour et qu'Atoum symbolisait le couchant.

Maât: Divinité de la Vérité et de la Justice. Maât était le contraire de tout ce qui était sauvage, désordonné, destructeur et injuste. Elle était la mère de Rê dont elle était aussi la fille et l'épouse (c'est une aberration, mais l'auteur n'invente rien).

Osiris: La principale fonction d'Osiris était de régner sur le Monde inférieur à titre de dieu funéraire suprême et juge des morts. Faisant partie des plus anciennes divinités égyptiennes, Osiris représentait la fertilité de la végétation et la fécondité. Il était ainsi l'opposé ou le complément de son frère Seth, divinité de la Nuit et des Déserts.

Ptah: Personnage au crâne rasé et enserré de bandelettes de lin blanc. On représentait Ptah par un potier. On vénérait ce dieu en tant qu'artisan du monde. Il était le souffle à l'origine de la vie. Cette divinité était principalement vénérée à Memphis.

Rê: Le dieu-soleil. Durant la majeure partie de l'histoire égyptienne, il fut la manifestation du dieu suprême. Peu à peu, il devint la divinité du Soleil levant et de la Lumière. Il réglait le cours des heures, des jours, des mois, des années et des saisons. Il apporta l'ordre dans l'univers et rendit la vie possible. Tout pharaon devenait un fils de Rê, et chaque défunt était désigné comme Rê durant son voyage vers l'Autre Monde.

Sekhmet: Son nom signifie « la Puissante ». La déesse-lionne Sekhmet était une représentation de la déesse Hathor. Fille de Rê, elle était toujours présente aux côtés du pharaon durant ses batailles. Sekhmet envoyait aux hommes les guerres et les épidémies. Sous son aspect bénéfique, la déesse personnifiait la médecine et la chirurgie. Ses pouvoirs magiques lui permettaient de réaliser des guérisons miraculeuses.

Seth: Seth était la divinité des Déserts, des Ténèbres, des Tempêtes et des Orages. Dans le mythe osirien, il représentait le chaos et la force impétueuse. Il tua son frère Osiris et entama la lutte avec Horus. Malgré tout, il était considéré, à l'instar d'Horus, comme un protecteur du roi.

Sobek: Le dieu-crocodile était l'une des divinités les plus importantes du Nil. Par analogie avec le milieu naturel du crocodile, on l'associait à la fertilité. On le vénérait sous son aspect purement animal ou sous l'aspect composite d'une figure humaine à tête de crocodile. On craignait Sobek, car il appartenait au royaume du dieu Seth. Le dieu-crocodile, une fois maîtrisé et apaisé, était un protecteur efficace du pharaon.

PHARAONS

Djoser (2690-2670) : Second roi de la IIIe dynastie de l'Ancien Empire. Son règne fut brillant et dynamique. Il fit ériger un fabuleux complexe funéraire à Saqqarah où se dresse encore, de nos jours, la célèbre pyramide à degrés construite par l'architecte Imhotep.

Khéops (vers 2604-2581) : Deuxième roi de la IVe dynastie. Il fut surnommé Khéops le Cruel. Il fit construire la première et la plus grande des trois pyramides de Gizeh. La littérature du Moyen Empire le dépeint comme un souverain sanguinaire et arrogant. De très récentes études tendent à prouver qu'il est le bâtisseur du grand sphinx de Gizeh que l'on attribuait auparavant à son fils Khéphren.

Khéphren (2572-2546) : Successeur de Djedefrê, ce pharaon était l'un des fils de Khéops, et le bâtisseur de la deuxième pyramide du plateau de Gizeh. Il eut un règne prospère et paisible.

La tradition rapportée par Hérodote désigne ce roi comme le digne successeur de son père, un pharaon détestable et tyrannique. Toutefois, dans les sources égyptiennes, rien ne confirme ce jugement.

Bichéris (Baka) (2546-2539) : L'un des fils de Djedefrê. Il n'a régné que peu de temps entre Khéphren et Mykérinos. Il projeta et entreprit la construction d'une grande pyramide à Zaouiet el-Aryan. On ne sait presque rien de lui. L'auteur de Leonis lui a décerné le rôle d'un roi déchu qui voue un culte à Apophis. La personnalité maléfique de Baka n'est que pure fiction.

Mykérinos (2539-2511) : Souverain de la IVe dynastie de l'Ancien Empire. Fils de Khéphren, son règne fut paisible. Sa légitimité fut peut-être mise en cause par des prétendants qui régnèrent parallèlement, avant qu'il parvienne à s'imposer tout à fait. D'après les propos recueillis par l'historien Hérodote, Mykérinos fut un roi pieux, juste et bon qui n'approuvait pas la rigidité de ses prédécesseurs. Une inscription provenant de lui stipule : « Sa Majesté veut qu'aucun homme ne soit pris au travail forcé, mais que chacun travaille à sa satisfaction. » Son règne fut marqué par l'érection de la troisième pyramide du plateau de Gizeh. Mykérinos était particulièrement épris de sa grande épouse Khamerernebty. Celle-ci lui donna un enfant unique qui mourut très jeune. Selon Hérodote, il s'agissait d'une fille, mais certains égyptologues prétendent que c'était un garçon. On ne connaîtra sans doute jamais le nom de cet enfant. La princesse Esa que rencontre Leonis est un personnage fictif.